ふるさと文学さんぽ

福島

監修●澤正宏
福島大学名誉教授

大和書房

川端康成

●ノーベル文学賞受賞記念講演「美しい日本の私」より抜粋

雪の美しいのを見るにつけ、月の美しいのを見るにつけ、つまり四季折り折りの美に、自分が触れ目覚める時、美にめぐりあふ幸ひを得た時には、親しい友が切に思はれ、このよろこびを共にしたいと願ふ、つまり、美の感動が人なつかしい思ひやりを強く誘ひ出すのです。この「友」は、広く「人間」ともとれませう。また「雪、月、花」といふ四季の移りの折り折りの美を現はす言葉は、日本においては山川草木、森羅万象、自然のすべて、そして人間感情をも含めての、美を現はす言葉とするのが伝統なのであります。

Kiyoshi Saito

目次

風景

地域と暮らし

食

祭り

自然と風土

温泉

さまざまな時代に、さまざまな作家の手によって、「福島県」は描かれてきました。

本書は、そうした文学作品の断片（または全体）を集めたアンソロジーです。また、本書に掲載された木版画は、すべて斎藤清氏によるものです。

風景

あどけない話

高村光太郎

智恵子は東京に空が無いといふ、
ほんとの空が見たいといふ。
私は驚いて空を見る。
桜若葉の間に在るのは、
切つても切れない
むかしなじみのきれいな空だ。
どんよりけむる地平のぼかしは
うすもも色の朝のしめりだ。

智恵子は遠くを見ながら言ふ。
阿多多羅山《あたたらやま》の山の上に
毎日出てゐる青い空が
智恵子のほんとの空だといふ。
あどけない空の話である。

『智恵子抄』より

解説

下りの東北新幹線に乗っていると、郡山を過ぎたあたりで左車窓にこの美しい山を見ることができます。安達太良山《あだたらやま》（阿多多羅山《あたたらやま》）は、福島県中部に位置する安達太良連峰の主峰（標高一七〇〇メートル）。南北九キロに及ぶなだらかな稜線の中、つんと飛び出た頂上は少女の乳房のようにも見え、「乳首山《ちちくびやま》」の異名を持ちます。古くは『万葉集』にも詠まれ、古来多くの人に愛されてきました。

智恵子は一八八六年、その安達太良山を望む油井村《ゆいむら》（現在の二本松市）の造り酒屋に生まれました。上京し日本女子大を卒業した彼女は、画家の道を志します。当時はまだ女性芸術家が珍しい時代でもあり、注目を浴びる存在となりました。一九一一年には、平塚らいてうが発刊した日本初の女性誌『青鞜』創刊号の表紙を、彼女の作品が飾っています。

その同じ年、智恵子は一人の青年に出会いました。それが、欧米留学から帰国して間もない高村光太郎。日本美術界の重鎮である高村光雲を父に持つ彼でしたが、旧態を守ろうとする美術界に反発し、新しい芸術を生み出そうと奮闘している最中でした。新たな時代の芸術を目指す二人は互いに惹かれあい、やがて結婚します。

光太郎は、出会った頃からずっと智恵子に対する想いを詩に書き留めていました。「あどけない話」は、一九二八年の作品です。しかしその翌年、智恵子の実家が破産。もともと体の弱かった彼女は、心労も重なり入退院を繰り返すようになりました。そして、精神までも病んでしまいます。

それでも光太郎は智恵子を想う詩を書き続け、

智恵子の死後、一冊の詩集としてまとめました。それがこの『智恵子抄』なのです。

「あれが阿多多羅山、あの光るのが阿武隈川《あぶくまがわ》」――二人手を組み、そう語る場面も、この詩集に登場しています。光太郎にとっての安達太良山は、智恵子を想うための大切な景色だったのでしょう。

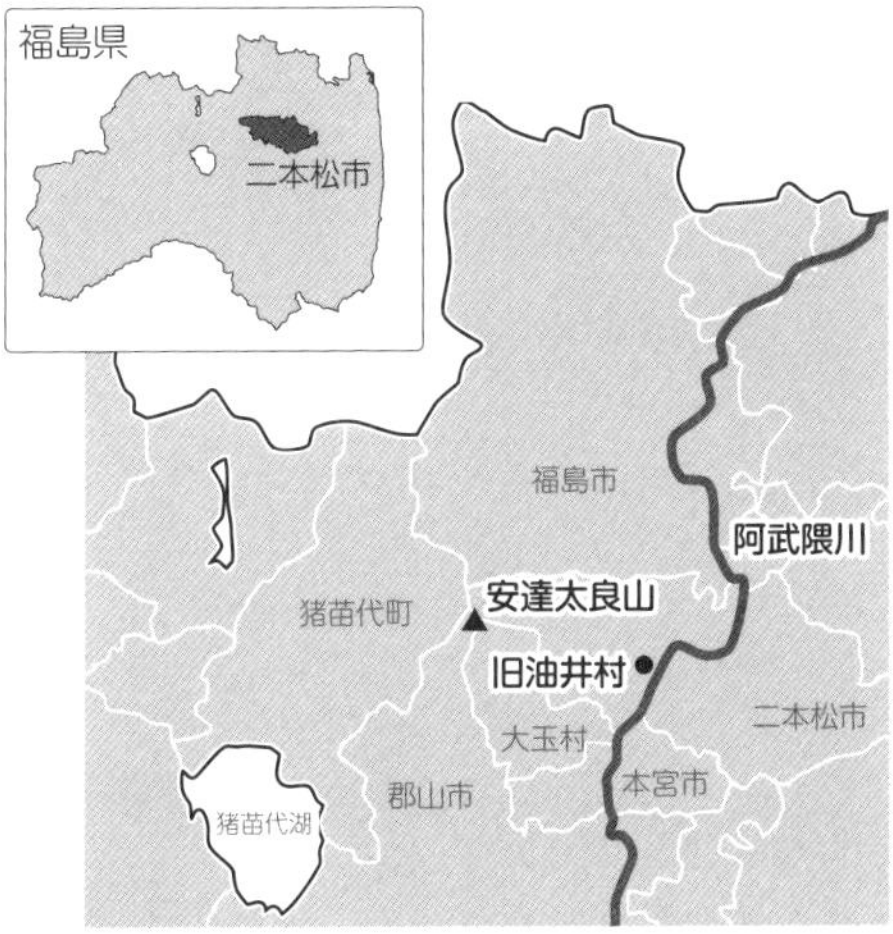

高村光太郎

（たかむら　こうたろう）1883～1956

東京都台東区生まれの詩人、彫刻家。父は彫刻家の高村光雲。東京美術学校（現在の東京藝術大学）に入学し、このころから彫刻だけでなく、俳句や短歌などの創作も始める。第二次世界大戦後は、岩手県の山奥に小屋を建て、大自然の中でひっそりと暮らした。

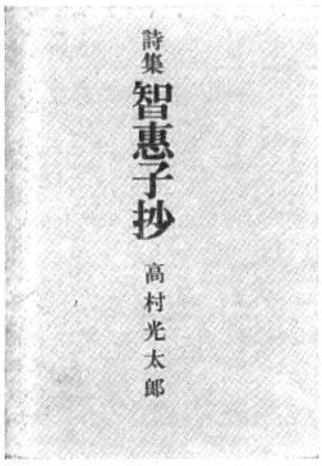

『智恵子抄』
龍星閣／1941年

福島

長田弘

市街の真ん中に信夫山《しのぶやま》という山をもつのが、福島市という街で、信夫山は三つのちいさな頂きをもつちいさな山なのだが、山というよりむしろ独立した丘といったほうがいいかもしれない。その三つの頂きのうち、とりわけすっきりとした見晴らしの、烏《からす》ヶ崎《さき》とよばれる磐上青松の山の西端が、わたしは好きだった。母校の福島高校はその烏ヶ崎の真下にあり、少年のわたしは友人と、よく烏ヶ崎にまっすぐに上った。

烏ヶ崎の岩に立つと、遠い山頂ちかくちいさな噴煙をあげる吾妻山と、正面から向きあうことになる。その広大な山の斜面を、冬には、吾妻下ろしとよばれるきびしい風が駆けおりてくる。しかし、春に烏ヶ崎から四囲を見はるかす気分は、高浜虚子の句にある「春風や闘志抱きて丘に立つ」という気分そのままだった。虚子のその句をおもいうかべると、烏ヶ崎からの澄んだ見晴らしを楽しんだ、少年の日の記憶がかえってくる。

烏ヶ崎のすぐ下の、森合《もりあい》とよばれる界隈には、いまは県立美術館と県立図書館があり、信夫山の木立ちを背景にした、そのワイナリーを想わせる建物は、わたしの少年の頃にはなかった。けれども、森合という地名のとおり、少年の頃この街でそだって知った静かな空気が、その界隈にはそっくりそのままのこっていて、街の美術館なのだが、信夫山という丘の懐ろに抱かれているために、森の美術館のような趣きがある。

福島という街は四方を山と丘陵に囲まれた街なのだが、また三つのおおきな川に囲まれた街でもあって、市街をつらぬいて流れる阿武隈川《あぶくまがわ》に、松川、そして摺上川《すりかみがわ》がそれぞれ市街で合流し、子どものわたしをつくったのは、川の街の子どもとしてそだった日々の経験だった。三つの川はわたしにとって、いわばもう一つの学校で、それぞれの川は、子どものわたしにとって、それぞれまったくちがう魅力をもっていた。

阿武隈川は、泳ぎをはじめて覚えた川だ。たぶんきれいだった川で泳ぎを覚えた、わたしは街っ子の最後の世代になるのかもしれない。川の流れはけっしてゆるやかではなかったが、川の水は温かかった。しかし、松川は、河原のきれいな川だったが、山からまっすぐ下ってくるために、水は冷たく、泳ぐべき川ではなく、松川ではじめて覚えたのは、河原でのキャンプと、そして飯盒炊爨《はんごうすいさん》の楽しみだった。

摺上川は、はじめて釣りをした川だ。子どもの獲物はもっぱらオイカワという名の川魚。しかし、それより夢中になったのは、川にはいって、ガラス箱を水面に浮かべて川底をのぞいて、川底の石にひそむ鰍《かじか》をヤスとよばれる四つの突先をもつ道具でさっと突く、鰍突きだ。鰍はさっと逃げ、逃げた鰍をさらにそーっと追って、慎重に狙うのだ。日の暮れるまで、そうして川で過ごして倦きなかった。

子どもは、なにより風景の子どもとしてそだつ。そうした丘と川でできた街の子どもとしてそだって、わたしのなかにそだったものは、丘と川をもっとも親しい尺度とする風景の遠近法だった。故郷《こきょう》というのは、ただその土地を指す言葉にすぎないのではなくて、ほんとうはその土地にそだったことによって、じぶんのなかに深く根を下ろす風景の遠近法のことだというふうに、わたしにはおもえる。

街というのは、しばしば直線の風景をつくりだすことしかしない。けれども丘といい、川といい、それがつくりだすのは曲線の風景だ。やわらかな曲線と開かれた眼差しをもつ風景の記憶を、子どものわたしにくれたのが、故郷としての福島という街だった。

『小道の収集』より

解説

詩人である長田弘は、一九三九年福島市に生まれました。この随筆には、少年の日々を過ごした福島の思い出が詰まっています。

冒頭に「信夫山」という小さな山が登場しますが、はるか古代、この地は「信夫国《しのぶのくに》」と呼ばれていました。五～六世紀にかけて大和朝廷の力が及ぶ北限とされていたのです。

長田も書いているように、信夫山に立つと冬には「吾妻《あづま》下ろし」と呼ばれる風が吹きつけてきます。信夫山は盆地の中に浮かぶ島のように見え、そこに風が吹くので「吹島《ふくしま》」と呼ばれるようになったのではないかという説があります。

豊臣秀吉の時代、木村吉清という武将がこの地にあった城を居城と定めました。その際に「吹島」ではなく、縁起を担いで「福島」の名をつけたとい

長田弘

（おさだ　ひろし）1939～

福島県福島市生まれの詩人。幼少期に岩代熱海に疎開。戦後、三春小学校に入学。瀬上小、福島大学付属小、付属中、県立福島高校をへて、早稲田大学第一文学部卒業。1965年、詩集『われら新鮮な旅人』でデビュー。代表作に、詩集『深呼吸の必要』『世界は一冊の本』など。

『小道の収集』
講談社／1995年

うのが福島の由来とされています。

　信夫山は三つの大きな頂をもち、信夫三山《しのぶさんざん》とも呼ばれます。頂上には修験道《しゅげんどう》にまつわる神社が建てられており、信仰の山でもあることが窺えます。

　峰の一つは「羽山」と呼ばれますが、この羽山というのは、福島県内には多い地名です。遠い彼方に見える高い山を「奥山」と呼ぶのに対し、里に近いこうした山のことを「端の山」という意味でハヤマと呼び、古来親しんできました。里に住む人々の先祖の霊が、祖霊神《それいしん》という神さまとしてハヤマに宿るという信仰は、福島に限らず日本人の伝統的な風習の中に潜んでいます。

　だからというわけではありませんが、こうした山は里に住む人々の心の拠り所になってきました。信夫山は、まさに福島の人々にとって故郷のシンボルでもありました。「子どもは、なにより風景の子どもとしてそだつ」という著者の一文が心に残ります。

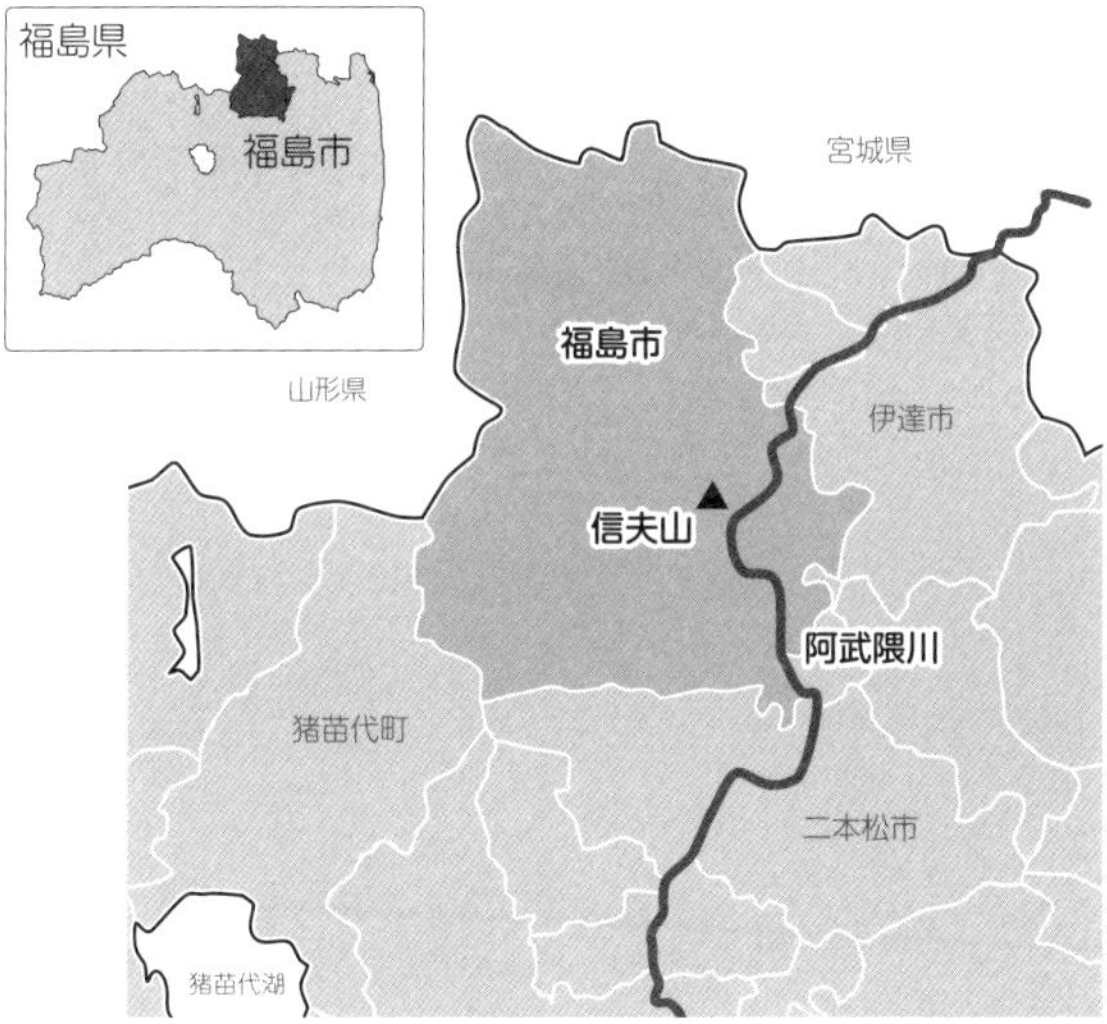

山国会津と八十里越えの奥只見

秋谷豊

ススキの穂先が白くひかる会津盆地の南部を列車は迂回して、まもなく山間部に入り、いくつもトンネルをくぐる。会津柳津《あいづやないづ》へ来ると、只見川がせきとめられてできたダムが見えてくる。柳津は美しい山峡の町である。会津地方に多いカヤぶきの曲り家《まがや》も見られ、高い石段を上った山上には虚空蔵を安置した古い寺があった。この町の八月旧盆の燈籠流しは、もう何百年もつづいているという。柳津から列車は只見川と分かれ、支流の滝谷川《たきやがわ》の谷に出る。長いトンネルをぬけると、再び只見川にそって走る。鉄橋とダムと湖の連続する深いV字形の峡谷を列車は奥へ奥へとさかのぼってゆく。

早戸という駅員のいない小さな駅のホームは、只見川の谷の上にあった。高い段丘の上に早戸の村が見え、そこから川のほとりへ急坂を下ったところに、鶴の湯という山の湯がある。

川にかかる長いつり橋を過ぎたところが湯倉温泉。その谷のふところに三条という山村があるそうである。十戸ほどの集落だが、古くからマタギの村として知られている。

ダム湖にかかった赤さび色の鉄橋を渡ると、只見はもうすぐだ。私は只見の手前の会津蒲生で降りて叶津《かのうづ》へ行った。叶津は藩政時代、会津と越後を結ぶ八十里越えの交通の要所として、口留《くちどめ》番所が置かれたところ。浅草《あさくさ》岳への登山根拠地でもあった。浅草岳は標高一五八六メートル。一等三角点をもつ会越国境山脈の主峰である。

私は会津若松にある新聞社の友人の紹介状を持っていた。それはこの村の中野和夫さんの家を訪れるためであった。中野さんは浅草岳の只見側の登山路を開拓した名案内人。叶津川にそって山道を登ると、中ノ平、入叶津の集落がひらける。木々の紅葉の間に、わら屋根の家が見えかくれする、のどかでさびしい光景である。餅井戸沢を渡り、浅草岳登山口の指導標を過ぎる。この暗い森のなかの荒れた道が八十里越えの道であった。かつて高倉天皇の皇子茂仁親王が山越えしたといわれる古道である。

中野さんの家は入叶津にあり、訪ねると、「ようお出でなさいました」中野さんはにこにこして出迎えてくれた。夕暮れの光りが、山男のきびしい顔の輪郭を薄暗く包んでいたが、どこか優しい暖かさがあった。浅草岳登山者やイワナつりの人たちが泊まる山の宿にもなっているようで、翌朝、私は中野さんの案内で浅草岳へ登った。

小三本沢の源流のあたりには、夏遅くまで雪渓が残る。うず高くつもったブナの枯葉を踏んで登りつめると、山上に笹沼、岩魚《いわな》沼の二つの小さな湖があった。頂上からは東方、眼下に田子倉ダムの水色が遠く光って見える。ダムの発電力は三十八万キロワットで日本第一位だ。前方には越後三山につらなる荒沢岳が雄々しく静かにそびえ立っていた。

荒沢岳の南にひらけるのが、奥只見の銀山湖である。この湖は奥只見電源開発により、至仏《しぶつ》山を源とする只見川をせきとめてできた人造湖。銀山平の回想はなつかしい。ダムサイトのはずれに、銀山平の地名はあるが、昔の銀山平は湖底に水没してしまった。いまは、伝之助小屋など昔の名を残す旅館が数軒かたまっている。船着場の村杉には、伝説の尾瀬三郎をまつる神社がある。平清盛のざん言で、京都を追われた尾瀬三郎藤原頼国の一党は、越後から枝折《しおり》峠に入り、ここから只見川を遡《そ》行して燧《ひうち》岳のふもとに大きな沼を発見し、その付近に住みついた。後にこの沼を尾瀬沼と呼ぶようになったと伝えられている。

そのころの枝折峠は、現在の明神峠のあたりに位置していたといわれ、寛永十八年（一六四一）に発見された銀山への街道としてにぎわったものらしい。二百十八年もの長い間は銀山千軒といわれるほど繁栄した大集落のあとも、すべて水底に沈められたのだ。

明神峠の街道は、現在は廃道となって、秋草が高く生い茂り、歩けそうもないほどに荒れ果てていた。

『文学山歩　私の歩んだ山と高原』より　抜粋

解説

新潟と県境を接する福島県の西端部。そこを北上しつつ流れるのが、只見川《ただみがわ》です。群馬県境の尾瀬沼に端を発し、山峡を流れ喜多方市で阿賀川《あががわ》に合流。その後は阿賀野川《あがのがわ》と名を変えて新潟平野で日本海に注ぎます。

この只見川流域は、日本屈指の豪雪地帯として知られます。豪雪ゆえに川の水量も豊富。そこに目をつけ、戦後大規模な電源開発がおこなわれました。首都圏の電力需要を満たすため、数多くのダムと水力発電所がつくられていったのです。

本作品中に登場する田子倉《たごくら》ダム、銀山湖《ぎんざんこ》もその折に誕生しています。冒頭で著者が乗っていく鉄道もまた、一部はダム建設の資材を運ぶために敷設され、その後会津若松と新潟県の小出《こいで》とを結ぶ只見線となりました。

この只見線のルートは、越後と会津とを結ぶ古くからの街道でもありました。途中の「八十里越《はちじゅうりご》え」と呼ばれる峠は、実際は八里（約三十二キロメートル）程度の距離なのに、あまりの険しさから八十里も続くかのように思えることからつけられた名前です。その南には「六十里越《ろくじゅうりご》え」の峠もあって、その険しさを物語っています。

そうした山深さゆえに、いくつかの落人《おちうど》・流人《るにん》伝説も残されています。作品中、「茂仁親王《ゆたひとしんのう》」とあるのは、平安時代末期に平家打倒を唱えた以仁王《もちひとおう》のことでしょう。史実では以仁王は、京都から奈良に向かう途中で戦死したことになっていますが、密かにこの地に逃れたという伝説もあるのです。

下って幕末には、官軍との戦いに敗れた越後長岡藩の武士たちが会津へと逃れる際に、この道を通っていきました。

山を愛し、山にまつわる数多くの詩や散文を発表してきた著者です。落人や流人、そして廃坑や廃道といった山の歴史へも深い眼差しを注いでいることが判ります。

秋谷豊

（あきや　ゆたか）1922～2008

埼玉県鴻巣市生まれの詩人。中学三年で雲取山に初登山して以来、半生を登山一筋にかけた登山家でもある。高校時代、仲間と詩誌『ちぐさ』を創刊。1950年には、ネオ・ロマンチシズムを唱え詩誌『地球』を創刊した。社会性を備えた叙情詩を発表し「叙情詩人」と呼ばれた。

『文学山歩 私の歩んだ山と高原』
実業之日本社／1979年

会津街道血ケムリ宿

椎名誠

チームリーダー猪腰助監督は今日は群馬のタヌキ湖、明日は山梨のカマキリ沼と関東各県の郡部をじわじわと歩きまわり、ついに基本の諸条件を充たす湖を見つけてきたのだった。福島県会津の「沼沢湖」である。猪腰の撮ってきた沢山の写真、地元の役場が提供してくれた新緑の季節の頃の写真、ＶＴＲなどを見てぼくは素直に唸った。カルデラ湖の美しい湖で、ローカル電車のがたがた駅がありなんだかすぐにでも「あおげば尊し」のうたが小さくひくく聞こえてくるような木造の小学校校舎もある。湖からクルマで二十分ぐらいのところにはなんとなんと温泉つきの旅館もあった。

女将が美人かどうかまではわからなかったが、とにかく信じがたいくらいの満点回答の地が見つかったのである。

「いかった、いかった！」

と、我々は東海林さだおのマンガのようにしてよろこびあった。

（中略）

撮影地となる福島県の金山町に初めて行った。東京からクルマで約六時間。渋滞がまったくなかったら四時間で行ける距離だ。

会津若松からは、空がひろく遠くに雪の連山をのぞむ、まことに気持ちのいい風景の中をどこどこ走る。

東京ではそろそろ桜の話もでてきているというのに、目指す沼沢湖はまだ周囲がまるっきり雪の中だった。ロケ地に決定するまで、この地の写真やＶＴＲなどを沢山見ていたが、現実の風景を目にすると、また別のイメージになる。

ひとことで言うと、写真やＶＴＲより素晴らしい。

よおし、これならきっといい映画が撮れるぞ、との思いが大きくふくらんだ。そこへ行くまで、もし予想と現実のものが大幅に違っていたら、どうしようか……という僅かな不安があったから、この〝大当たり〟はうれしかった。

プロデューサー、助監督、撮影監督、美術チーフ、アートディレクター、スチールカメラマンなど主要スタッフ約十五人とその日のうちに村のおもだったところを回っていく。場所が決まったら、次はシナリオに合わせて、そのひとつひとつの撮影場所を決めていかねばならない。先乗りチームがあらかじめ見当をつけていたいくつかの候補の場所をひとつひとつ具体的に検討していくのだ。

なんとなく警察の現場検証のような雰囲気でもある。

「ここで男は雨の中、泥だらけになって、むこうの窓の女に泥を投げつけるのです」

「ふーむ」

「ちょっと、ここからでは角度が悪くて無理じゃないでしょうかね。実際にはもっと右側の方だと思いますがね」

「ふーむ」

沼沢湖の近くにひっそりとひろがっている村は約五十戸。住民が村を離れて廃屋になってしまったところもあるので、目下の人口は百五十人程度らしい。それも殆ど老人である。

雪をかいている老人と話をした。

「春がくるのはまだあと一カ月とすこしかかりそうですわ」と、老人は雪かきの手を休めずにそう言った。

「春になると通りに人の姿が見えてくるからうれしいね」

「それまでは人はあまり外を歩いていないのですか」

「そうですよ。寒いからみんな家の中でこたつに入っているんだもの……」

このあたりは福島といっても新潟に近い豪雪地帯だから、雪どけは四月の末だ。

我々のクランクイン予定日は五月十一日だから、雪がとけてまだ間もない頃になる。

嬉しいのはこのあたり一帯は温泉がいくつも噴き出していて、ちょっと行くと、いろいろな効能の違う温泉場があり、道ばたには入湯料百円の〝共同浴場〟もある。もちろん混浴。

最初の日に入った八町温泉では七人のおじいさんおばあさんと一緒になった。

二日酔いの予防、回復に効く、という温泉なので、ぼくたちはとりわけじっくり時間をかけて入った。

『ガリコン式映写装置』より　抜粋

解説

映画のロケ地にまつわるエピソード。この映画とは、著者が原作・脚本（共同）・監督を手がけた「あひるのうたがきこえてくるよ」を指しています。

映画は、都会を離れ山奥の村を訪れた一人の男が主人公。途中で拾ったアヒルを飼いながら湖のほとりで暮らします。自然や村人との交流を描いたドラマですが、その美しいロケ地として選ばれたのが、沼沢湖《ぬまざわこ》でした。

沼沢湖は、福島県の西端、金山町《かねやま》の山の中にある湖。火山の噴火によって誕生したカルデラ湖です。深さが九十六メートルもあるというその神秘的な湖水には、かつて「沼御前《ぬまごぜん》」と呼ばれる大蛇が棲んでいたという伝説があります。

鎌倉時代、領主であった佐原十郎義連《さはらじゅうろうよしつら》は、家来を連れて沼御前を退治に訪れたといいます。大入道となって姿を現した沼御前は、たちまちに義連たちを水中に引き入れ、呑み込んでしまいます。けれども義連の兜につけられた観音菩薩の御加護により、義連は助かります。ついに大蛇の腹を切り裂いて脱出、沼御前の首を切り落としました。

そして、後難を排除し住民に安寧を与えるため、その場所に沼御前神社を建てて大蛇の霊を鎮めたのだそうです。現在でもこの神社は、湖畔に鎮座しています。

しかし、退治後も大蛇はたびたび目撃されたようです。美女に変じて湖畔にたたずんでいるといった話が幾度となく語られ、妖怪としての認知度を高めました。また地域振興にも一役買っており、毎年八月には大蛇と義連との戦いを再現した「湖水《こすい》まつり」が開かれ、大勢の人で賑わいます。

湖畔には自然休養村センターがあり、キャンプやハイキングも楽しめるようになっています。映画ロケが縁で「椎名誠《しいなまこと》写真館」も建てられ、氏の撮影した様々な写真を鑑賞することもできます。

椎名誠
（しいな　まこと）1944～

東京都世田谷区生まれの作家、写真家、映画監督。東京写真大学中退。スーパーエッセイと銘打たれた語り文体が評判になり、デビュー作の『さらば国分寺書店のオババ』はベストセラーになった。世界各地を冒険旅行して書かれた紀行文も多数。

『ガリコン式映写装置』
本の雑誌社／1994年

地域と暮らし

Kiyoshi Saito

息子、英世への手紙

野口シカ

おまイ（お前）の○しせ（出世）にわ○みな（皆）たまけ（驚き）ました○わたくしもよろこんでをりまする○なかた（中田）のかんのんさま（観音さま）に○さまに［重複］ねん○よこもり（夜通しお祈り）を○いたしました○べん京（勉強）なぼでも（いくらしても）○きりか（きりが）ない○いぼし（烏帽子村、ここでは債権者のこと）○ほわ（方は）こまりをりますか（困っておりますが）○おまいか（おまえが）○き（来）たならば○もしわけ（申し訳）かてき（ができ）ましよ（るでしょう）○はる（春）になるト○みな（皆）ほかいド（北海道）に○いて（行って）しまいます○わたしも○こころぼそくありまする○ドか（どうか）はやく○きてくだされ○かねを○もろた（もらった）○こトたれ（だれ）にもきかせません○それをきかせるト　みなのれて（飲まれて）○しまいます○はやくきてくたされ○はやくきてくたされ　はやくきくたされ○はやくきてくたされ○いしよ(一生)のたのみて○ありまする　にしさ(西を)むいてわ○おかみ(拝み)○ひかしさ(東を)むいてわおかみ○しております○きたさ(北を)むいてわおかみおります○みなみた(南を)むいてわおかんておりまする○ついたちにわしを(塩)たち(断ち)をしておりまする○ゐ少さま(栄昌様――東隣の鵜浦榮昌法印《うのうらえいしょうほういん》)に○ついたちにわおかんてもろて(拝んでもらって)おりまする○なにおわすれても○これわすれません○さしんおみるト(写真を見ると)○いただいて(おしいただいて、祈って)おりまする○はやくきてくたされ○いつくるトおせて(教えて)くたされ○これのへんち(返事)ち[重複]まちて(待って)をりまする○ねてもねむられません

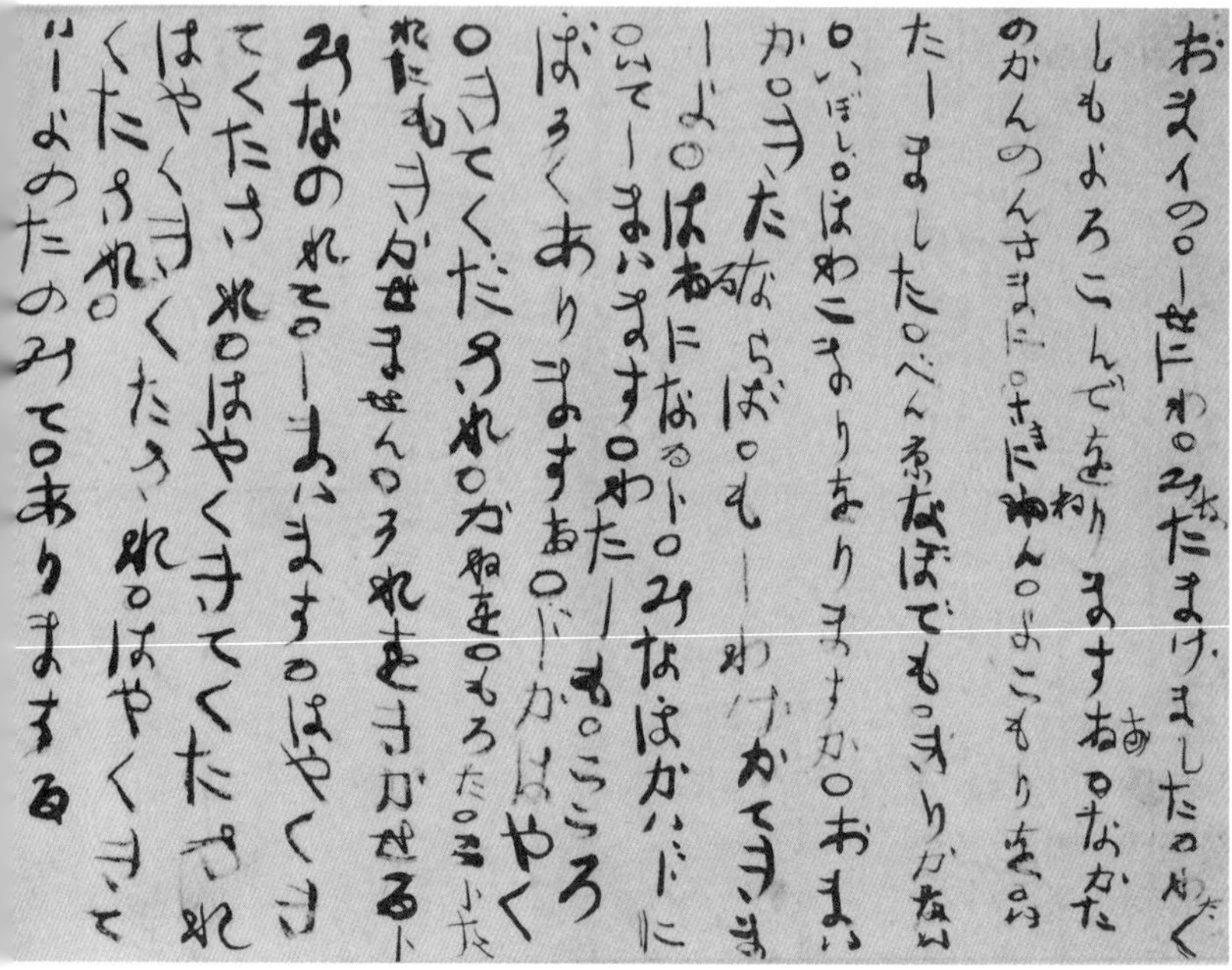

おまイの。しせにわ。みなたまけました。わたくしもよろこんでをりまする。なかたのかんのんさまに。さまにねん。よこもりを。いたしました。べん京なぼでも。きりかない。いぼし。ほわこまりをりますか。おまいか。きたならば。もうしわけかてきましよ。はるになるト。みなほかいドに。いてしまいます。わたしも。こころぼそくありまする。ドかはやく。きてくだされ。かねを。もろた。こトたれにもきかせません。それをきかせるトみなのれてしまいます。はやくきてくたされ。はやくきてくたされ はやくきてくたされ。はやくきてくたされ。いしよのたのみて。ありまする

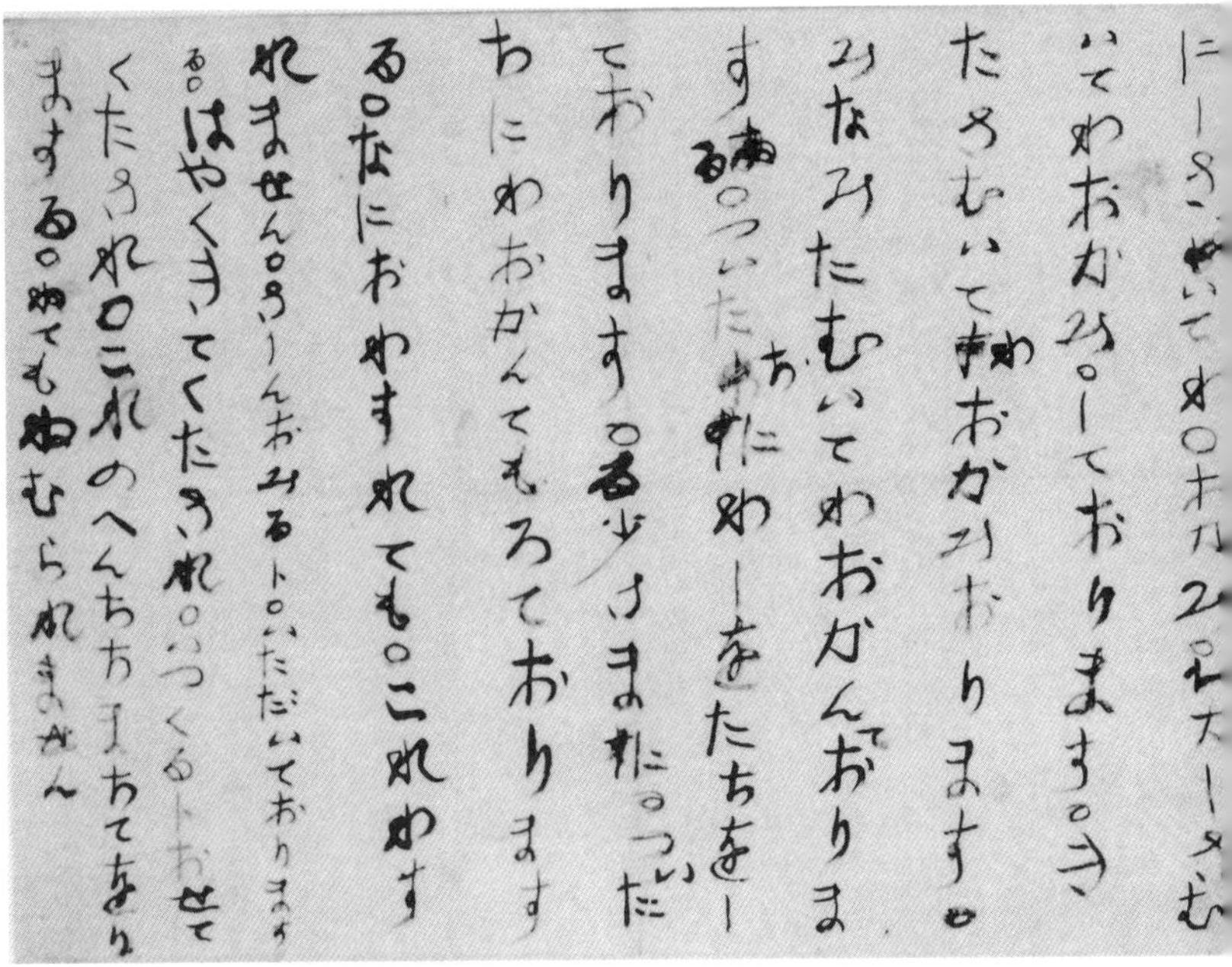
にしさむいてわ。ひかしさむ
いてわおかみ。しております。き
たさむいてわおかみおります。
みなみたむいてわおかんておりま
する。ついたちにわしおたちおし
ております。ゐ少さまに。ついた
ちにわおかんてもろておりま
する。なにおわすれてもこれわす
れません。さしんおみるトいたたいておりま
する。はやくきてくたされ。いつくるトおせて
くたされ。これのへんちちまちてをり
まする。ねてもねむられません

シカが英世に送った直筆の手紙。

解説

野口英世の母シカが、英世宛てに書いた手紙です。世界的な細菌学者として後に紙幣にまで描かれる野口英世は、一八七六年猪苗代湖《いなわしろ》畔の三ツ和村、現在の猪苗代町に生まれました。現在その地には「野口英世記念館」が建てられ、生家がそのまま保存されています。シカ自筆のこの手紙を見ることもできるようになっています。

よく知られた話ですが、英世（当時は清作《せいさく》）は一歳の時に囲炉裏に落ちて左手に大火傷を負いました。シカは、そのことを生涯悔いたと言います。英世には農作業をする代わりに学問で身を立てることを勧め、英世もそれに応えました。高等小学校時代には恩師や友人の援助によって手術を受け、不自由ながら左手は使えるようになりました。これを機に、英世は医学の道を志します。

野口シカ

（のぐち しか）1853～1918

三城潟村（現在の福島県猪苗代町）生まれ。細菌学者野口英世の母。19歳で小桧山佐代助と結婚。1876年に清作（後の英世）を出産。子育てが一段落した45歳のとき、産婆の資格を取得した。大正7年、当時世界的に流行していたインフルエンザにかかり、65歳で永眠。

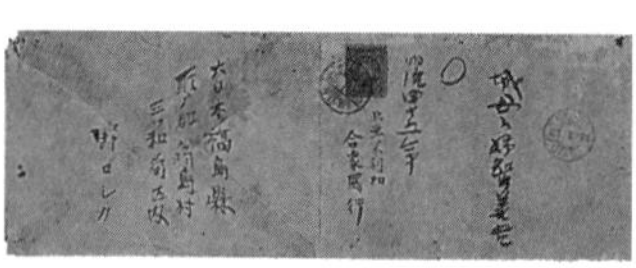

シカが書いた野口英世宛の書簡／1912年

一方シカも、農作業の傍らで産婆を務めるようになりました。ただし産婆の資格を得るためには、国家試験に受かることが必要です。シカは努力を重ねた末、見事に試験に合格しました。

ただ、字を書くことは苦手だったようです。子どもの頃に習ったきり、仕事に追われる毎日では書く暇もなかったのでしょう。それでもこのたどたどしい手紙には、我が子への切ないほどの愛情が溢れています。後年、この手紙を見た通産大臣の高碕達之助《たかさきたつのすけ》は、「正に鬼神をも泣かしめる天下の名文と云えましょう」と、その感動を伝えています。

ところで手紙の中にある「中田の観音様」は、会津美里町の弘安寺《こうあんじ》にあります。猪苗代から二十五キロ以上ありますが、シカは毎年一度ここに歩いて通い、一晩籠もっていたそうです。後に英世が帰国した際には、恩師と友人と四人でお参りに行ったそうで、その時の写真も残されています。

弘安寺にお参りに来たシカ(左)と英世(中)。
右は恩師の小林栄。

菩薩行路　瓜生岩子伝　佐藤民宝

岩子の住んでいる岩崎村の長福寺はいつとはなしに女塾のようになってしまった。娘たちに裁縫やら家事、行儀作法、看護法などを教えるからと、近在の家を勧誘して歩くとたちまち数人の申込があった。すると我れも〳〵と希望者があり、三十人ばかりの弟子が出来た。そんな大がりに始める積りで無かったが、こんなわけでお寺は女塾になってしまった。

喜多方あたりから二里近くの道を通って来るものもあるので、遠いところを毎日通うのは難儀だろうと、一日に白米一升の報酬で寺に寄宿させることにしたが、この内弟子ばかりでも十人余りあり、荒れ放題であった庵寺も岩子が住んでから半年と経たないうちに、賑やかな場所に変ってしまった。

村のもの持ちや、有力者の娘たちだけを教育するのは、勿論岩子の本意でなかったから、貧乏な小作人の娘でも、希望さえするなら無料で預った。金持であろうが貧乏者であろうが岩子にとっては区別はない。娘たちをひとりの立派な女として世の中に出してやればそれでよいのだ。

小学校という制度が出来たばかりで、年頃の娘の教育機関とて無かったから、岩子の開いた女塾は機を得たというべきであった。金もうけのつもりはないから、教授料を定めても、家の暮しによって、高くしたり安くしたりして、それでも経済的に余裕が出来ると困っているものにどんどん恵み与えた。

行路病者があったといえば引きとり、親のない子供があると聞くと世話をしてやり、食うに困るものがあると職を与えてやったりする。夜になると、残飯でもいゝから恵んで呉なんショと言って忍んで来る小作人の女房があったが、岩子は心よく余ったものをみんな与えてやるという具合であった。

嫁と喧嘩して面白くないからと遊びに来る老婆があったり、相談ごとが出来たからと駆け込んで来る親父があったり、岩子の住いは絶えず人々が出入りし、なんとなく賑やかな慰安所のような趣きも呈し、村の人に親しみ深い存在になって行った。

救貧育児事業というような、最初の念願の組織的な事業は出来ずにしまったが、とにかく地味ではあるが岩子の素志の一端だけは果すという具合になったのだ。

頼まれればどんなところへでも出かけて行って、縁談の世話やら夫婦喧嘩の仲裁やら、手職の世話やら、なんでも引受けてやってやった。

「まるで、よろず相談所みたいだわな。」

岩子はそれが嬉しそうに、笑いながら内弟子の娘に語ったことがあった。

「でも、先生みたいな人でねえと出来ねえことだす。それで村の人たちは何んぼ助かっているだか。先生が居なかったバ、村には泥棒したり首くったりしなければならなかった人が何んぼかあるべもなし。」

「まさか、そんなことはないよ。人間というものは、もともとよい性質をもっているもので、生れながらの悪人はいないものよ。困ったからとて、すぐに泥棒したり、悪いことをしたりするということはないさ。ただ弱い心の人は、ふと悪にさそわれて道を踏みはずすということがあるから、そんなことのないように、少しでも力になってやりたいと思うのよ。」

裁縫を教えながら、針を動かす娘たちの若々しい顔をみつめて、岩子はいろ〳〵と自分の心を語って聞かせるのを常とした。しかし、一片の空念仏の説教よりも、身をもって感化するのでなければ、ほんとうの教化ではない。それだから、一瞬の油断もなく常に自分の徳を磨かねばならぬと岩子はいつも反省するのであった。

東京の大塚さまのように学問のある人は、学問によって徳を磨くことが出来るが、自分のように学のない女は、ただ行動を通してしか自分の心をみがく方法はないのだ。生活の苦しさから、徳の乱れているこの頃の世の中である。こうやって、自分のところに通って来る若い娘たちを、一人でも多く立派な女として世の中に出してやることは、世の中を幾らかでもよくすることだと信じている。娘たちの教育者として真先に自分が手本となることだが、それは世の中のお互は、お互によい心をもって助け合って行かねばならぬということを、日常の平凡な行為において示すことにほかならない。

「お袋さまという言葉があるな。家のお母さまをお袋さまと呼んでいるだろう。女はみんなこのお袋さまにならなければならないのだが、このお袋ということはどういうことかというと。」

すると娘たちは顔を見合せてくす〳〵笑い始めた。娘たちは各々の家のおふくろ、野良で草むしりをしたり、飯を炊いたり、子供たちを怒鳴りつけたり、洗濯をしたりする村の家の主婦の姿を思い浮べ、自分たちも、あんなにならなければならぬと言われたのが、おかしかったのだろう。

「汝《にし》たちは笑っているが、笑いごとではないのだよ。昔々、大国主命という神様がな、他の八百万の神さまたちと、嫁とり競争のために山奥にでかけて行かれたことがある。他の神さまたちはわれ先にと急いで行かれたが、大国主命は遠いところに行くのだから、途中で腹がへって困ることもあるべし、何かと不自由も起るべしというので、他の神さまたちの食物やら見廻りの道具やらを大きな袋につめて、それを背負って一番後から出かけて行かれたということだ。結局、山の奥のお姫さまはみんなのために苦労して大きな袋を背負って行かれた大国主命に感心なされて、その嫁さまになられたが、お袋ということはここから出ているのだ。みんなのために苦労を引受けて袋を背負うということを忘れてならないよ。一家の主婦は家のために苦労の袋を背負うからお袋さまというのだ。女というものはほんとうのお袋さまとして、小さくは家のため大きくは世のため、喜んで袋を背負って行かなければならんのだよ。俺らもな、すこしでも大きな袋を背負いたいといつも心掛けているんだよ。」

笑い合った娘たちも、なる程と感心したように耳をかたむけた。

御維新以来、有難い御代になったのに拘らず、人々は自分のことだけに懸命になって、自分の利得だけを思うようになっている。そうしなければ生きて行き難いけわしい世の中になった故もあるが、そのためにまた生きて行くことがいっそうけわしくなっているのだ。みんながお袋さまの心になり、お互に助け合なければよい国にはならないのだ。

『菩薩行路 瓜生岩子伝』より 抜粋

解説

瓜生岩子《うりゅういわこ》は、明治時代に活躍した社会事業家です。「日本のナイチンゲール」とも評され、その生涯を社会福祉に捧げた女性でした。

岩子が生まれたのは、江戸時代末期の会津地方熱塩《あつしお》村、現在の喜多方市です。その前半生は波乱と悲劇とに満ちていました。九歳で父を亡くし、家は火災で焼失。十七歳で結婚し呉服店を開きますが、三十三歳の時に夫が病没し、店を手放します。

時代はまさに、幕末の動乱期。会津では官軍との間に激しい戦いがありましたが、そんな中で岩子は敵味方の区別なく負傷者を助けて回ったと伝えられています。

やがて岩子は、私財を投じて学校を開くなど、困窮する会津の人々を救う活動を始めました。上京して当時の福祉施設を視察した後には、故郷に貧しい者の世話や子女への教育をおこなう施設を開きます。

この作品には、そのころの様子が描かれています。作家であり、福島民報《ふくしまみんぽう》の主筆としても活躍した著者は、岩子の活動を知ることに苦心したようです。「信頼すべき伝記が殆んどない」状態から丹念に情報を集め、描き出しました。その尽力により、多くの人々が岩子の功績を知るところとなったのです。

岩子はその後も福祉に尽くし、東京の養育院にも招かれて活動範囲を広げます。福島でも貧しい子どもたちのために育児会を設置し、また産婆の講習会なども精力的に開きました。その席に、野口英世の母が参加したというエピソードも、この作品の後の部分には描かれています。

やがて全国に及ぶ福祉活動を展開し、そうした功績により一八九六年には女性初の藍綬褒章《らんじゅほうしょう》を受賞。しかしその翌年過労で倒れ、六十八歳の生涯を閉じました。浅草（東京都台東区）の浅草寺《せんそうじ》境内に行くと、優しい顔で座る岩子の銅像に会うことができます。

浅草寺にある瓜生岩子像。

佐藤民宝

（さとう　みんぽう）1911～1977

福島県生まれの小説家。法政大学社会学部卒業。会津魁新聞社社長を経て、福島民報の記者に。その後、編集局長を務めた。1939年「希望峰」と1941年「軍鶏」はどちらも芥川賞予選候補に選ばれた。

『菩薩行路 瓜生岩子伝』
矢貴書店／1944年

安達ガ原［民話］

いまから一三〇〇年ぐらい前のことです。

京都のある立派なお邸に、いわてという乳母がおりました。そしてお姫様の世話をしていました。ところが、このお姫様はいくつになっても口がきけません。そこで医者にみてもらったら、おしだということがわかりました。乳母はある日、易者にみてもらったところ、易者は、

「この病気をなおすには、おなかの中の子供の生きぎもを飲ませることだ」

といいました。

いわては、お姫様の病気をなおすために生きぎもをさがそうと、京都をでてみちのくにきたのです。そして、安達ガ原の凄い石のほらあなをみつけてそこに住むようになりました。そして、旅人を泊まらせては生きぎもをとっていたのです。

ある木枯らしのふき荒《すさ》ぶ晩秋の日暮れどきでした。伊駒之助と恋衣という二人が京都からきました。

「泊まる家もなくて困っています。どうか今晩泊めて下さい」

と頼んで泊めてもらいました。その夜のこと、恋衣はお腹がいたくなり、伊駒之助は薬をかいにでかけました。いわては、生きぎもをとるのはこの時とばかりに、台所に行って出刃庖丁をとり、苦しむ恋衣の腹をさいて生きぎもをとりだしました。

その時、恋衣は苦しみながらこういいました。

「私たちは親を尋ねて全国をめぐり歩きましたが、とうとう会えませんでした。」

不思議に思ったいわては、恋衣の持っていたお守り袋をあけてみると驚ろきました。

「恋衣こそ昔別れた自分の娘だった。私は娘を殺してしまった。何ということをしたものだ。」

苦しみ苦しんで、とうとう気が狂って、鬼ばばあになりました。

恋衣はいわての娘として生まれましたが、いわてがお邸の乳母になったので別れて暮らすようになりました。母のいわてに会いたいため、みちのくにやってきたのでした。それが、母のために殺されてしまったのです。

鬼ばばあになったいわては、それからここに泊まった人をみな殺すようになりました。そこで、誰いうとなく安達ガ原の鬼ばばあというようになりました。

それからしばらくすぎたころ。

京都から旅にでた坊さんが、白河の関をこえて、みちのくにやってきました。福島に近い安達ガ原にきますと、短い秋の日はとっぷりと暮れてしまいました。すると、むこうに灯がちらりと一つみえます。

「やれやれ有難い、これでたすかった」

といってみますと、これはまたひどいほらあなの中の一軒屋で、軒はくずれ、ひどいあばらやでした。中では一人のおばあさんが、しきりと糸をくっていました。

「ご不自由でも家へ上ってゆっくりお休み下さい。」

そのうちに、だんだんと夜が更けてきました。いろりの火が心ぼそくなってくると、

「裏の山に行って薪物《たきもの》をとってきます。だが家の中をのぞいてはいけないよ。」

坊さんは、ふと安達ガ原の黒塚に鬼ばばあが住んでいて人を喰うという話を思いだすと、身体中がぞっとしました。とうとう思いきって、そっと立っていって、つぎの部屋をあけま

した。中からはぷんと血なまぐさいにおいがしてきました。うすぐらい、いろりの火をたよりに、よくみますと、人間の骨らしいものが天井までも高く積み重ねてありました。

　これこそ話にきいた鬼ばばあの家だ。ぐずぐずしていると殺されてしまうと、逃げだしました。すると暗やみの中から、

「おーい、おーい」

と声がきこえました。坊さんは両耳をふさいで、心の中ではお経を唱えました。

「やい坊主め、みるなといった部屋をなぜみた。逃がしはしないぞ」

というのが手にとるように聞こえます。坊さんは助からないのかと一心にお経を唱えて走りました。するとお経のくどくでしょうか、鬼ばばあの足がだんだんのろくなって、よほど間が遠くなりました。そのうちにずんずん空が明るくなってきて、にわとりの声も聞こえました。もう夜があければしめたものです。鬼は真昼の光に会ってはいくじのないもので、しばらく坊さんのうしろ姿を眺めていましたが、ふいと消えてなくなりました。坊さんは朝日に向かって手をあわせて拝みました。

『日本の民話13 福島の民話第一集』より

解説

安達ガ原は二本松市にある地名です。いわゆる「安達ガ原の鬼婆」伝説として、古くから多くの人に知られていました。『拾遺和歌集《しゅういわかしゅう》』という平安時代の歌集には、「みちのくの安達ヶ原の黒塚に鬼籠もれりと聞くはまことか」という平兼盛《たいらのかねもり》の歌があります。

やがてこの物語は能の中にも採り入れられました。「黒塚」(観世流では「安達原《あだちがはら》」)という演目で、巡礼中の山伏が、安達ガ原で一夜の宿を借ります。その家の老女は決して寝室を見ないように言いますが、こっそり覗くと死体の山。あわてて逃げ出すと……という、ここでの後半のストーリーが展開します。

さらに時代が下ると安達ガ原伝説は、歌舞伎や浄瑠璃でも演じられ、安達ガ原と言えば「鬼婆」と誰もが返すほど有名になりました。

この物語が史実であったかどうかは別として、現在でも安達ガ原には鬼婆にまつわる事跡が残されています。安達ガ原に近い真弓山《まゆみさん》観世寺《かんぜじ》には、鬼婆の棲家であった岩屋や、血染めの包丁を洗ったと伝えられる池まであります。近くには鬼婆の墓である「黒塚」もあって、大勢の人が訪れています。

ちなみにこの寺は、鬼婆を倒した祐慶《ゆうけい》という僧侶が開いたと伝えられています。悪逆非道の鬼婆でしたが、最期は観音菩薩の導きによって成仏したといい、その観音菩薩像は六十年に一度だけ開帳する秘仏として観世寺に祀られています。

このような鬼婆伝説は、実は各地に存在します。特に埼玉県さいたま市には同じ「黒塚」と呼ばれる場所があり、鬼婆伝説を巡って本家争いまで起きたそうです。そのほか、安達ガ原の鬼婆伝説が広まってゆき、それがほかの地域の伝説として定着したという例も聞かれます。それこそ、恐るべき鬼婆の力――なのかもしれません。

鬼婆が棲んでいたといわれている岩屋。

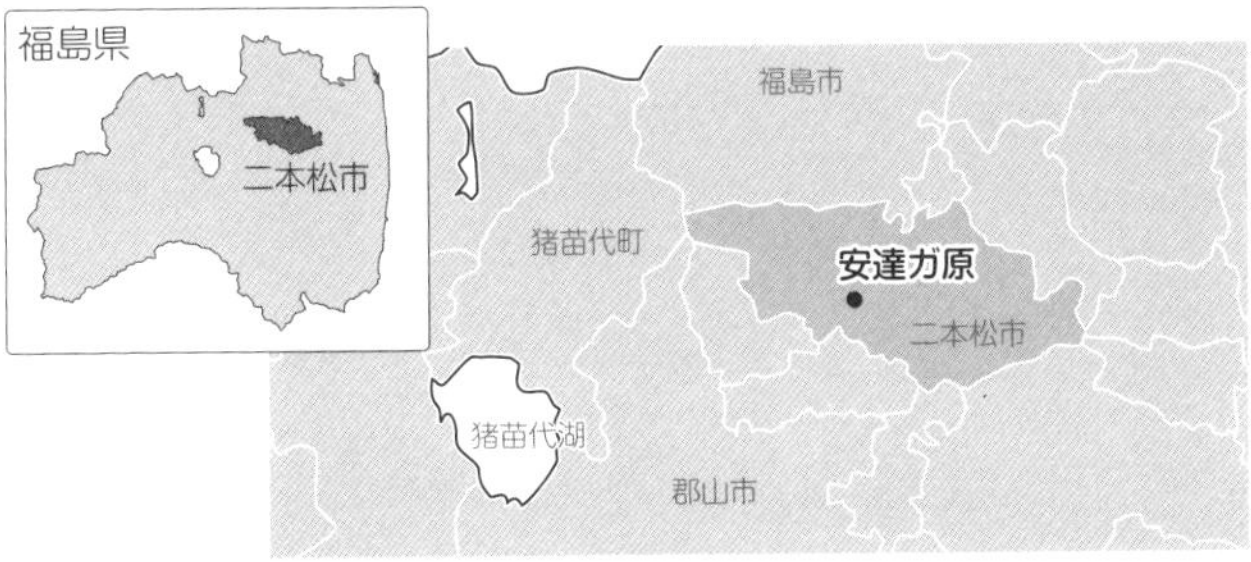

『日本の民話13 福島の民話 第一集』
未来社／1958年

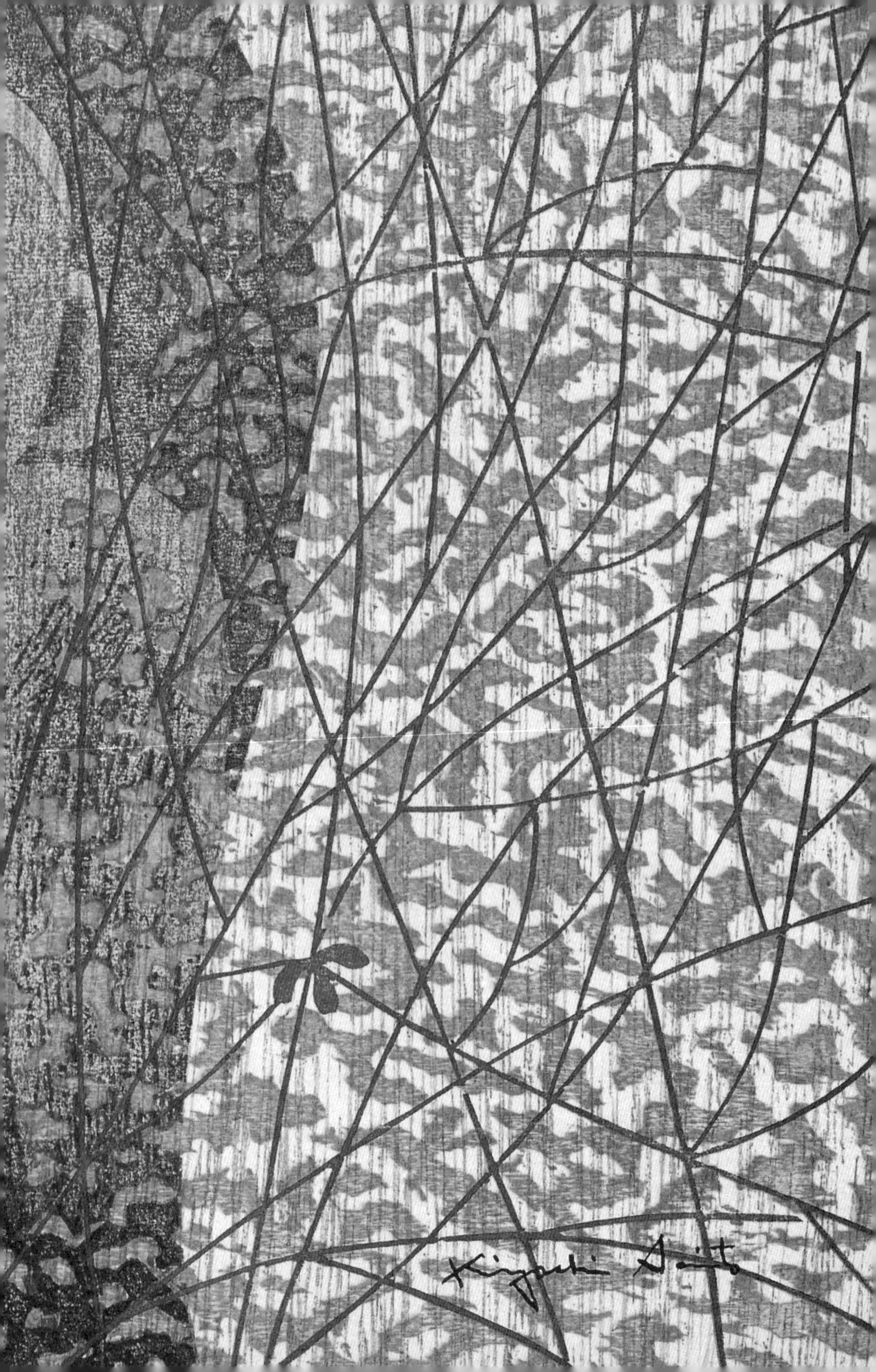
Kiyoshi Saito

和紙

東野邊薫

蒼く凍《こご》えた空に刺すばかりの星で、庭のくぼみに張った氷が草履の下に鋭くくだけた。井戸は庭から道路へ降りる坂の中途にある。足高の洗面桶に汲み上げた水からは、まだ明けるに間のある闇にすかすと、ほのぼのと白いものが立ちのぼった。

ちょうどこの頃、ユミの家の井戸からも、追いかけるように釣瓶《つるべ》の音が聞えてくる。毎朝のことながらつい競争の意識にかられて、一気に坂を駈け上って漉屋《すきや》に入るが、電燈をひねって零下七度の寒暖計を覗くと、今更襲いかかる凍気に思わず身ぶるいが出るのだった。二肩の水を漉槽《すきぶね》に汲み入れるにも、我れ知らず掛声がかかってくるのである。やがて前の障子がほの白くなる頃は、もう二槽目に入っているが、気温は日の出をひかえて一時更に下ってくる。時折交ぜ入れるネリの袋を絞ると、殆んど感覚のなくなっている両の手に、濃いその粘液が、執拗にぬらぬらといつまでもまつわりつくのであった。朝の日が窓をはすに射してきて、はじめてほっと救われた気持になるのである。

楮《こうぞ》を、小鉢と呼ばれる椀に一杯盛り上げた量が一槽分で、三十枚乃至《ないし》三十五枚の紙になった。十五の年から父と交替で漉《す》きはじめた友太は、今では、若手のうちでも熟練者として数えられていた。一日、朝の五時から夜の七時頃までかかって、十五槽、四百五十枚から五百二、三十枚が普通であるのを、友太は、十七槽から、あぶらが乗れば十九槽に及ぶことさえあった。父がよく自慢する九百五十枚という桁はずれの記録は、実は十一時までの夜業をしての話であった。

漉槽は七尺に四尺で、深さが一尺二寸ある。漉屋の窓際に据えた槽の真上に、ばね竹が高く突き出て、漉簀《すきす》をはめた簀框《すげた》を吊っている。これをしならせて簀框が槽にひたった瞬間、腰、肩、手首が微妙に働いて、どろどろの漉き汁を三、四遍揺すったと思うと、簀《す》にはもう、一枚の紙となるべき繊維が毫末の厚薄もなく掬《すく》われている。簀框を前後に傾けて余分の汁を流してから、簀框の底についた鉤《かぎ》で、槽に渡した二本の台木をかき寄せながら乗せる時には、繊維を残した水の大部分は濾出している、框《けた》の上枠をはねのけ、簀をはずして両手で持つと、くるりとうしろを向いてそこの台に簀を剥ぎとって重ねて行く。謂わゆる「流し漉き」と呼ばれる方法だった。紙の種類によって、簀と簀框の大きさは多少違った。やがて乾上ってから、障子紙なら二枚に、半紙だったら四枚にと截断《せつだん》されるのである。

「兄ちゃ、ひるまんま(昼食)だよォ。」

漉屋の外から妹のせんに呼ばれたのをしおに、友太は仕事を切り上げた。それでも九槽は漉き上げていた。あとの分を取りかえすには、どうしても三晩の夜業になるだろう。ばね竹の紐から簀框を外して、皸《あかぎれ》だらけの手を揉んでいると、今漉き重ねたばかりの紙から、しきりにしたたり落ちる滴の音が、はじめて耳に入ってくるのであった。これも習慣になっている、友太は小屋を出がけに、奥の圧搾器の捻子《ねじ》を一締めした。

自分の恥しい隠しごとではないので、何もびくびくするには及ばないとは思いながら、やはり胸がつかえた気持で昼飯もいつものようには食えずに友太は家を出た。ちょっとしたことにぶつかると、我れながら情けなく動揺するのであった。出征中は、それは自分だけの自惚《うぬぼれ》ではなく、小隊長からもたしかに賞められたので、隊の誰にもひけをとらないだけに大胆で勇敢であったのが、帰還した途端に、またもとの意気地なさにかえっているのが自分でも歯がゆかった。

二日ほどいい天気が続いて、一時二尺近く積った雪も大分瘦せてはいたが、それだけにひどい泥濘だった。道路までの二町あまりの狭い坂路にだけは、踏み石が敷いてあるのでまだよかった。一歩下の道路に入ると、ゴム長は忽ち泥だらけになってしまった。幾度かの道普請で、主要道路だけはもとのようではなくなっていたが、部落へのわき道に入ったが最後、全くお話にならなかった。川崎道と呼ばれて、悪路では近村中でも聞えていた。それは泥濘のためばかりではなく、曲りくねった坂につぐ坂の道が続くのである。もっともこれは、八百七十三町歩という村の総面積に、三百三十八町歩の畑と、山林が三百六十八町歩という数字から見ても、およそ村の地勢は察しられた。山林と畑との相半ばした大小の丘陵が、重なるばかりに起伏して、その間の狭い低地に散在する水田は、僅かに百六十五町歩に過ぎなかった。そして村の家々はと言えば、これはみな、道路から高く段々のついた坂路を登っての、見上げるばかりの場所にあった。村の地勢もあるにはあったが、それよりもやはり紙漉きという特殊の副業が、当然家々をそうした高所に追い上げてしまったのである。つまり、五百三十余戸のうち約七割にあたる家が紙を漉くので、東北本線がほぼ福島県の半ばほどに入っての一小駅安達から、東南およそ一里の位置にあるこの上川崎村は、まことに紙の村と言ってもよかった。これをしないのはわずか数人を出ない資産家か、反対に日傭取《ひようとり》や馬車挽《ひき》などに限られている。十軒前後の一部落で、少しばかりの水田を持つものが辛うじて二人ぐらい、畑地の所有者が四人を出ず、あとは純然たる小作の人達であったが、そのいずれにしても、生計は副業の製紙によるのであった――。

『ふるさと文学館 第八巻 福島』より　抜粋

解説

作者である東野邊薫《とうのべかおる》は、一九〇二年、二本松市に生まれました。早稲田大学高等師範部を卒業すると、福島県立高校の教員を務めます。その傍らで創作に励み、戦時下の一九四三年、この「和紙」で芥川賞を受賞しました。

小説の舞台となっているのは、二本松市の上川崎《かみかわさき》地区。ここは作者が言うように「まことに紙の村」であり、かつては東北随一の生産量を誇っていました。その歴史も古く、平安中期まで遡り平安貴族にも愛用されたのだといいます。

作者は小学生時代をこの上川崎で過ごし、紙漉の様子をよく知っていたのでしょう。細々とした工程が、詳しく描き出されています。

主人公は、十五の年から父親と共に紙漉を始めていたという友太。上川崎の人々は、農業をおこないながら、副業として誰もが紙漉をしていたのです。折しも太平洋戦争の時代、友太には異母弟がいましたが、その異母弟が出征することになりました。彼には身重の愛人がいましたが、友太の家で引き取り、女の子を産みます。しかしやがて、友太もまた二度目の出征を余儀なくされます。出征の前夜、友太が想いを寄せていた娘が訪ねてきましたが、友太は最後の紙漉に取り組むのでした。

紙漉という作業を丹念に描写しながら、戦時下の男女の愛が語られていきます。川端康成を始めとする芥川賞の選考委員たちが、満場一致で推したという作品です。

作者は芥川賞を取った後も、教師を続けました。福島県文学会長なども務め、一九六二年に福島市で亡くなります。

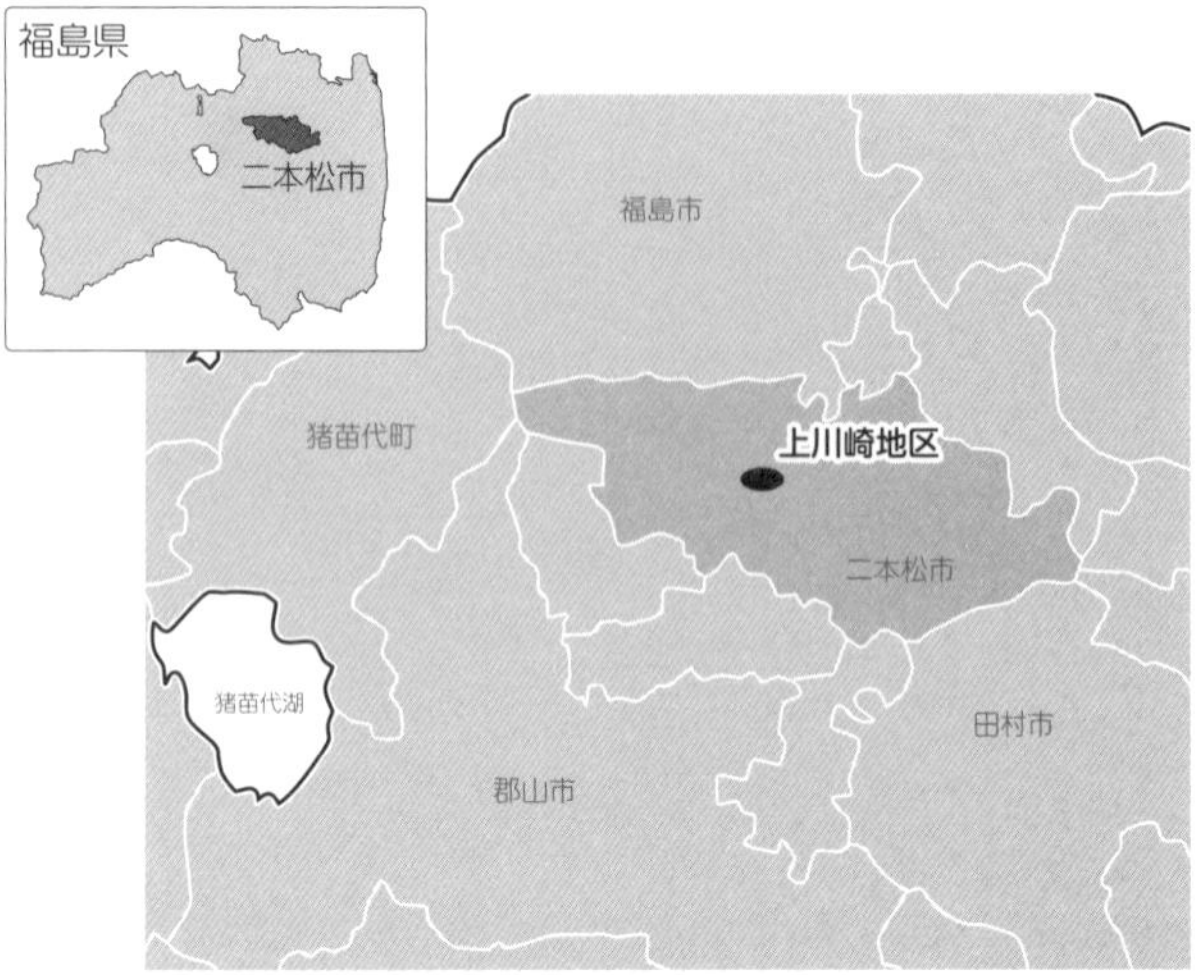

二本松市の観音丘陵遊歩道を歩くと、「和紙」の一節が刻まれた文学碑を見ることができます。

東野邊薫

（とうのべ　かおる）1902〜1962

福島県二本松市生まれの小説家。早稲田大学高等師範部漢学科を卒業後、教職に就く。福島県内の多数の旧制中学・高校で教鞭をふるった。教師のかたわら、創作も意欲的に行い、1943年『東北文学』一号に「和紙」を発表。第18回芥川賞を受賞し、脚光を浴びた。

『ふるさと文学館 第八巻 福島』
ぎょうせい／1994年

福島県人は「のんびりちゃきちゃきしんなり」!?　玄侑宗久

よく「この町の人は」とか、括って言われると不快に感じる。「そこの町民だって市民だって県民だって、いろいろいるだろう」という思いが擡《もた》げる。そんなことで女房と喧嘩したこともある。「それはいったい誰と誰のことか」などと問い詰めたりしたのである。

そんな私がこの文章を引き受けたこと自体、無理があったのかもしれない。中通りは「のんびり」、浜通りは「ちゃきちゃき」、会津地方は「しんなり」など、思いつきはするのだが、どうしてもそうじゃない人を憶いだしてしまうのである。

先日ある新聞を読んでいたら福島県人について「のびやかで同時に一途」と書いてあった。その両立が可能なのかどうかは知らないが、その弁で言うなら「のんびりちゃきちゃきしんなり」と言ってしまうのも可能だろう。しんなり信念で坐っていた人がのんびり立ち上がり、やがてちゃきちゃきと行動し始めるのである。

要は大陸的なのかもしれない。中国という国全体にはおそらくドイツ・フランス・イタリアの違いくらいの幅があるが、福島県人の幅もそのくらいあると考えるのはズルイだろうか？　武士道と京都風の風雅、しかも豊かな農作物に支えられて信念を生きる会津人も、いざとなると明るく現実的な浜通り人の顔にもなる。また漁師さんたちの留守を守っていた浜のちゃきちゃき女房も、心がかよう仲間には中通り的無防備さを示すし、じつは会津とは違った意味での信念を生きているのである。

東西の地勢的な幅がそうした幅を作るのかもしれないが、もっと言えばそれは個人がもともと持っている幅でもある。

私自身、しんなり人知れず小説を書いていた20代とちゃきちゃきの修行時代、寺に戻ってからも暫くはちゃきちゃきだった。そして小説を書く夢が実現した今、気分的にはのんびり構えつつちゃきちゃき仕事している。あれ？　ちっとものんびりしていない。

いや、確かにのんびりのびのび暮らすのは難しいけれど、中通りには「お晩かたです」という挨拶がある。暗くなってからの「今晩は」や「お晩です」ではなく明るいうちの「こんにちは」

でもない。その間の時の移ろいをゆったり眺めるような挨拶があるのだから、いつかそんな時間を過ごせるのだろう。なんて書くと、「お前その原稿書いてる時間、のんびりのびのびしているんじゃないの」なんて言われそうだ。

二〇〇三年『月刊ビジネスデータ』(日本実業出版社)より

解説

福島県は、大きく三つの地域に分けることができます。まず越後山脈と奥羽山脈とに挟まれた「会津」、阿武隈川の流れる中央部の「中通り」、そして太平洋に面した「浜通り」。この三地域では、地形を始め、気候や歴史の上でもそれぞれの特色がうかがえます。このことは当然、そこで暮らす人々の性格にも影響を与えているのでしょう。

例えば会津では、江戸時代に領主であった松平氏が徳川の親族であったために、忠義を重んずる武士道精神が根づいたとされます。そうした歴史と、盆地という自然環境から、頑固だが情に熱いなどと評されるようになったのでしょう。著者はそれを「しんなり」という言葉で表現しています。

反対に、太平洋に面した浜通りが開放的だと言われるのもわかるような気がします。歴史的にも関東とのつながりが深く、漁民的な気風と江戸っ子的な気風とが混じって、「ちゃきちゃき」になったのかもしれません。

さて、著者の出身は田村郡三春町。中通りに含まれます。中通りは「のんびり」と書いていますが、中には「好奇心が強い」「柔軟性がある」「都会的」などと分析する人もあってまちまちです。農業地帯が広がる一方で商工業も発展してきた地域だけに、一括りに表現しづらいのかもしれません。

もっとも著者の見解は、結局人間は幅を持っているのだから一概には言い切れないというところにあります。臨済宗の寺院に生まれた著者ですが、上京して慶應義塾大学を卒業した後は、帰郷せずに様々な職種を渡り歩いたといいます。それが「しんなり」小説を書いていたという二十代なのでしょう。

その後、禅の修行を重ねて郷里へ戻り、やがて実家の副住職を務めるようになります。まさに、「ちゃきちゃき」時代。そして、二〇〇〇年に「水の舳先」で文壇デビュー、翌年の「中陰の花」が芥川賞を受賞しました。

二〇〇八年には住職を継ぎ、僧侶として活動する一方で、多くの作品を発表し続けています。

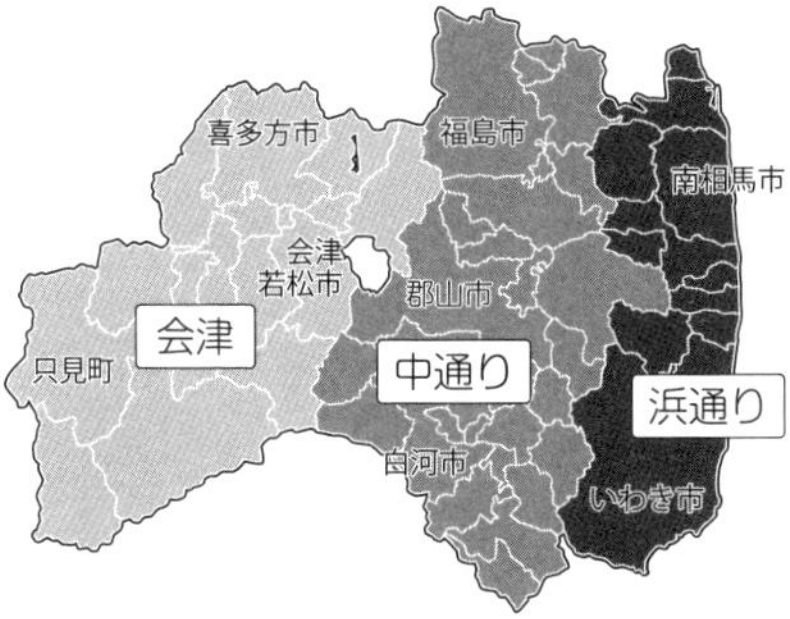

玄侑宗久

(げんゆう　そうきゅう) 1956～

福島県三春町生まれの小説家・臨済宗の僧侶。慶応義塾大学在学中に小説を書き始める。1983年京都嵐山の天竜寺に入門し、1988年実家の副住職を務める。2000年「水の舳先」でデビュー。翌年「中陰の花」で、第125回芥川賞を受賞。2011年4月より、東日本大震災復興構想会議の委員も務めた。

食

Kiyoshi
Saito

聞き書 福島の食事

農山漁村文化協会

〽ハアーイヨー　今年ゃ豊年だヨ　穂に穂が咲いてヨー　ハアー道の小草にも　ヤレサ米がなるヨー

民謡「相馬盆唄」の一節です。福島県の米の豊かさを歌った民謡ですが、福島の食の豊かさは、米にだけ代表されるものではありません。海と里と山の多様な食素材と、母から娘へ、姑から嫁へ連綿とひきつがれた食の技法とが相まって築きあげられてきたものです。

会津地方の年越しの膳を見てみましょう。旧暦の十二月三十日の晩は、白米飯、ざく煮(「こづゆ」ともいう)、塩引き、煮魚、きんぴら、豆数の子、なます、漬物、それに山方では川魚のすし漬、もちろんお酒もついて、年越しを祝うのです。「正月はごちそうだが、ふだんは粗末な食事ではなかったのか」と勘ぐるのは下衆《げす》というものでしょう。とりわけ川魚のすし漬に代表される様々な発酵食が、正月といわず一年を通じての会津の食を豊かなものにしています。

白菜と身欠きにしんにこうじを加えてつくる「白菜のにしん漬」、米とこうじと塩を加えて発酵させ、それに野菜を漬ける「三五八《さごはち》漬」、納豆にこうじを加え発酵させる「納豆ひしょ」と、会津の発酵食は多彩です。そして会津人の酒好きは、発酵食文化の行きついたところといえましょうか。

福島の中央部を貫流する阿武隈川流域は、中通りと呼ばれています。秋になるとこの阿武隈川を鮭が群れをなして上ります。この地の人は、鮭を「さけのー」とよび、川原に小屋がけして、夜中に産卵のため上ってくる鮭を網にかけます。はらこはたまりに漬け、あったかいごはんにかけて食べます。身は三枚におろし、煮て、焼いて、さらには味噌漬にして脂ののった旬のさけのーを腹いっぱい味わいます。残った頭と骨は鉄なべでゆっくり煮て、里芋、にんじん、ごぼうを加え、ざっぱ汁にして、骨までじっくり味わいます。

福島はもちをよく食べるところです。中通り南部の古殿も例外ではありません。この地では、正月にお嫁さんが実家に里帰りするとき、一升五合のもちを平たく大きな丸形にのばした、のべもちを持参します。これを「ひろげいしき」といい、もちの上には松の葉をのせるのがしきたりです。嫁いだ娘たちが晴れ着に着かざり、ひろげいしきを持って元気な姿を見せれば、これがうれしくない親はいないでしょう。親と子の絆《きずな》のもちが、ひろげいしきです。

福島の太平洋岸は浜通りと呼ばれます。白砂青松の海岸が続き、みちのくにはめずらしく、明るい日ざしに満ち、気候は温暖、人柄も明朗闊達、黒潮がはこぶ南国の香がただよいます。石城《いわき》に点在する七つの浜は、かつお船、さんま船、底引き船、遠くカムチャツカまで出漁する鮭船で、季節季節のにぎわいをみせます。

春になれば、遠洋漁業に出発する船、かつおの一本釣りに向かう船で浜は活気づき、海水《みず》のぬるむ磯では、がぜ(うに)とりもはじまります。なかでも、ほっき貝の殻にがぜを詰めて焼く「がぜの貝焼き」はこの地の名物です。

かつおが石城の沖にくるころには、丸々太り脂ものって、早春のかつおとは一味ちがううまさです。新鮮なかつおを火山にかけ(二つ割りか四つ割りにしたかつおを藁火でいぶして冷水で急冷し)、ぶ厚に切って、しょうが醬油で食べる「かつおの霜ふり」の味はまた格別。〝宵越しの魚は食わぬ、石城の浜の一夜食い〟です。

黒潮食文化の伝統はかつお節。石城のかつお節はいわき節として名が通り、伝統のかつお節づくりも盛んです。かつお節づくりで出るはらわたは、袋ごととり出して塩で漬け、かつおの塩辛に。これを土地の人は「あまわた」とよびますが、一年ほどならしたあまわたは絶品です。

『日本の食生活全集7 聞き書 福島の食事』より 抜粋

解説

現在の福島県域は、古代においては「陸奥国《むつのくに》」に含まれていました。畿内から遠い東北地方は未開の地と見なされ、一括りに考えられていたのでしょう。奈良時代に一度、石背国《いわしろのくに》と石城国《いわきのくに》とが独立しますが、間もなく再び陸奥国に戻っています。

下って明治になると、会津・中通り中北部を含む岩代国と、浜通り・中通り南部を含む磐城国とが独立。しかし廃藩置県によってすぐに、会津が若松県、中通りが福島県（最初は二本松県）、浜通りが磐前《いわさき》県（最初は平県）となり、さらにすぐにそれらが合併して福島県となりました。

会津は江戸時代には徳川の親族である松平氏が治め、この地域の政治の中心として栄えました。明治維新で官軍との戦いに敗れ大きな打撃を受けますが、それでも現在なお会津藩時代の文化が色濃く残っている地域です。会津塗などの工芸品もその一つ。そしてこの稿で述べられているように、発酵食品が多いというのも文化的特色なのかもしれません。

東北本線や新幹線が通る中通りは、古来より陸奥の玄関口として栄えてきました。山と山に挟まれた地域だけに交通路が整備され、加えて阿武隈川が豊かな水利を提供してきました。海から遠い地域でありながら、鮭料理が有名なのもその恩恵と言えるでしょう。明治維新後は会津に代わって福島市に県庁所在地が置かれ、郡山市とともに発展を遂げています。

そして太平洋に面した浜通りは、文化的には南側の茨城・千葉両県との関わりの深い地域と言えます。例えば「相馬」と呼ばれる地域は、鎌倉時代に茨城・千葉方面から相馬氏が入植したために、その名がついたという歴史があります。そしてこの地方の食といえば、やはり海の幸。かつおを始め、ウニやほっき貝など太平洋の豊かな恵みを味わうことができます。

会津地方のこづゆ。

浜通りに伝わる、がぜの貝焼き。

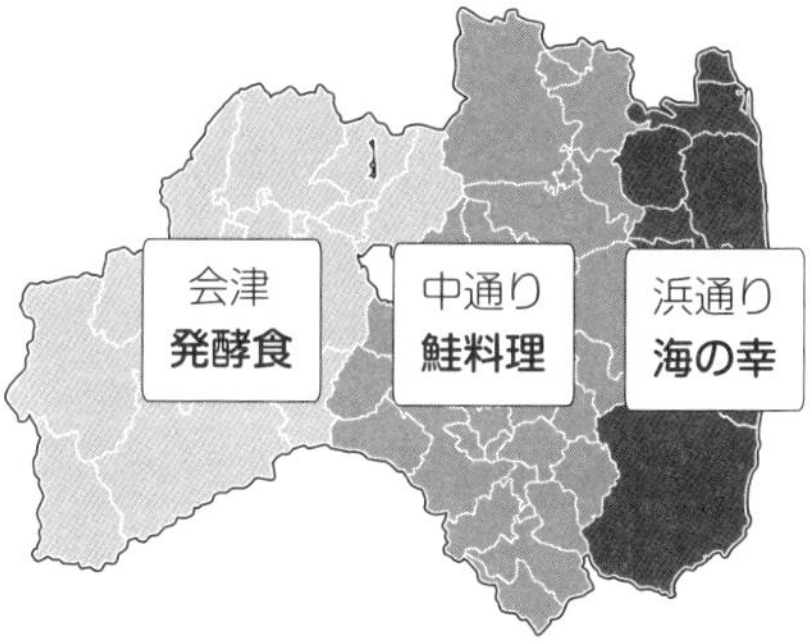

『日本の食生活全集 7 聞き書 福島の食事』
日本の食生活全集 福島」編集委員会編
農山漁村文化協会／1987年

東北本線阿房列車

内田百閒

白河を過ぎ郡山《こおりやま》を過ぎて、薄暮六時四十九分に福島へ著《つ》いた。駅長室に顔を出して、きめて置いて貰《もら》った宿屋の案内を頼もうと思ったら、すぐそこだからと云うので助役さんが連れて行ってくれた。

大きな宿屋だが、少し大き過ぎる様で、無暗《むやみ》に沢山部屋があるらしく、長い廊下を伝って、曲がって、又曲がって、硝子戸の外に薄暗い水が見えて、大きな池だろうと思って透かして見ると、水の中から杙《くい》の様な物が立っている。杙の上の人の高さ位の所に板が渡してあるらしいと思っていると、ぼしゃっと云う水の音がした。その廊下の突き当りから這入った座敷が広い二間《ふたま》続きで、奥の方の座敷の床の間に据えた大きな唐木《からぎ》の角火鉢に、年増《としま》の女中が火を入れている。

もう火鉢があっても、おかしくはない。晩秋ではあり、土地柄も福島はまだ東北の入り口にしろ、東京よりは時候が進んでいるだろう。しかし今日はお午過ぎに立つ為にいつもより早く起きたが、朝の温度は十九度半、華氏で七十度に近かった。宿の火鉢が邪魔ではなく、赤い火の色は美しいから賑《にぎ》やかで、くつろいだ座のまわりの色取りになるけれど、少し大袈裟《おおげさ》な様な気もする。

そんなに寒いかい、と女中に尋ねたら、もう今日あたりは寒くて、寒くて、さあ早くおあたり下さいと云う。それ程寒くないじゃないかと云うと、いいえ、寒う御座いますと云い返した。山系君が庭の方を気にして、外は池かと尋ねる。池です。魚がいるか。居《お》ります。さっき音をさしたのは魚だな。魚は音をさせません。だって、ばしゃっと云ったぜ。そんな事はありません。水の中に、杙が立っているだろう。杙なぞ立って居りません。暗くてよく見えなかったけれど、そうかな。藤棚があるだけです。

風呂《ふろ》から上がって、お膳《ぜん》の前に坐《すわ》った。二ノ膳つきで、品品《しなじな》の御馳走《ごちそう》が列んでいるが、ろくな物はない。山系君が女中の酌を受けながら、先生お酒の味はどうですと云った。

「これでもいいけれど」それから女中に向かって、「外のお酒はないのか」と尋ねて見た。

「ありません」

「ありませんなら、これで結構だ」

「一番いいお酒です」

「そうか。そのつもりで飲むからいい」

「会津若松のお酒で」

「成る程。何と云うお酒だい」

「いねごころ」

「稲の心で、稲心か」

「違いますよ。よね心です」

「ははあ、よね心はつまり、よねはお米だね」

「違います。よめごころ」

「そうか、嫁心か」

「いいえ、いめごころ」

「はてな」

「そら、よめごころって、解《わか》りませんか」

「もとへ戻ったな」

「いいえ、いめごころ」

「ゆめ心なんでしょう。そうだろう君」と山系が口を出した。

「ふどうちず」

そう云って、お銚子《ちょうし》の代りに起って行った。何の事だか解らない。

「おい山系君、今からこの始末じゃ、行く先が思いやられるね」

「はあ」

「福島はまだ入り口なんだろう。鹿児島まで行っても、こう云う目には会わなかった」

「落ちついて聞いていれば、次第に解って来ます」

「そうかね」

「後から解釈すれば、大体見当はつくものです」

そこへ女中が戻って来た。何となく怒っている様な気がする。

新らしい銚子のお酌をしながら、「旦那《だんな》様は選挙でいらしたのですか」と云う。

「僕がかい」

「その時間だったでしょう」

「そうではないのだが。何か間違っているか知ら」

話しを外《そ》らして、別の事を云ったり、外の事を思ったりしていたら、五六分過ぎた時分に解った。後でわかると云った当の山系には解らないらしい。「選挙で」と聞いたのが、準急で来たかと云ったのを聞き違えたのである。しかし、今更わかったと云うのも悪い様だから、黙っていた。

これから旦那様方はどこへ行くと女中が尋ねる。

明日ここを立って、盛岡へ行き、青森の方を廻って山形へ行くと云ったら、女中が飛んでもないと云う顔をした。山形へ行くのにそんな道順はない。福島から東北本線とは別に奥羽本線が出ている事を知らないのだろう。奥羽本線で立てば山形まで三時間で行かれる。急行だったら二時間しか掛からない。それを盛岡から青森の方へ廻った日には、何日掛かるか解らないでしょう。そんな馬鹿《ばか》げた廻り道はよしなさいと云う。

山形へは行くけれど、行ったところで山形には用事はないし、だれも待っていないと云う話は、言葉が通じにくい女中に云って見たところで埒《らち》はあくまい。だから何となく話しをそらし、曖昧《あいまい》ななりに済ましてしまう。そこで女中としては、人が折角親切に云ってやる事を、この客はいい加減にあしらってしまう。好かんおやじだと思うのは無理もない。思ったかどうだか知らないが、こちらではそんな気がする。

稲心か夢心か嫁心か、よく解らないがそのお蔭《かげ》で、大体いい心持ちになった様である。もう寝ようと思う。時時、雨の気配がして、その音に耳が馴れたと思うと、今度気がついた時はもう止《や》んでいる。夜の時雨《しぐれ》が通るのであろう。初めは火鉢を仰山《ぎょうさん》らしく考えたが、次第に身のまわりが、うそ寒くなって来た。そうして何となく淋《さび》しい。電気は普通にともっているけれど、何だか暗い。山系君も不景気な顔をして、ぽそぽそしている。寝たら雨が又降って来た。

『第一阿房列車』より　抜粋

解説

作家内田百閒《うちだひゃっけん》が日本各地を鉄道に乗って旅をする「阿房列車《あほうれっしゃ》」シリーズ。この東北本線編と続く奥羽本線編では、一九五一年十月に大学教授時代の教え子を訪ねて盛岡に、そして青森・秋田と回った旅が題材となっています。

当時は未だ新幹線はもちろん、電化すらされていません。それどころか、終戦から六年しか経っていない時期ですから、長距離を走る急行列車がようやく復活しつつも、未だGHQによる連合軍専用列車が走っているという状態でした。

電化されていない時代ですから、当然作者が乗っていった列車も蒸気機関車に引かれていました。折しもC61型やC62型といった旅客用では日本最大級の蒸気機関車が誕生した直後です。東北本線でも、そうした新型機関車の引く急行列車が颯爽と

内田百閒

（うちだ　ひゃっけん）1889〜1971

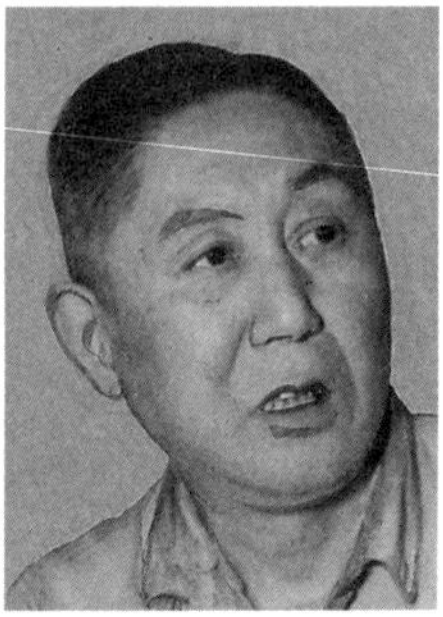

岡山県岡山市生まれの小説家・随筆家。別号・百鬼園。東京大学独文科卒業。夏目漱石門下の一員となり、芥川龍之介、鈴木三重吉、小宮豊隆、森田草平らと親交を結ぶ。俳諧的な風刺とユーモアの中に、人生の深淵をのぞかせる独特の作風を持つ。

『第一阿房列車』
新潮文庫／2003年

走っていました。ちなみにここで活躍していたC61型という機関車は、二〇一一年に復活を果たし、現在でも走る雄姿を見ることができます。

作品中に登場する「二〇一列車」や「二〇三列車」などという言い方は、時刻表に書かれる「列車番号」と呼ばれるものです。「はやぶさ」「やまびこ」といった愛称名は、戦前は一部の特別の列車にしかつけられていませんでしたが、この時期から多くの列車につけられるようになりました。前述の二列車も、前年にそれぞれ「みちのく」「北斗」という愛称がつけられていたようです。

この後、東北本線は徐々に電化を進め、作者が旅をした十七年後の一九六八年には全線電化が完了しました。さらにその十四年後には、東北新幹線が開業。東北への旅もずいぶんと便利になりましたが、反面、長距離を走る急行列車などは消えてしまい、旅の情緒は薄れていきました。

2011年に復活したC61型。

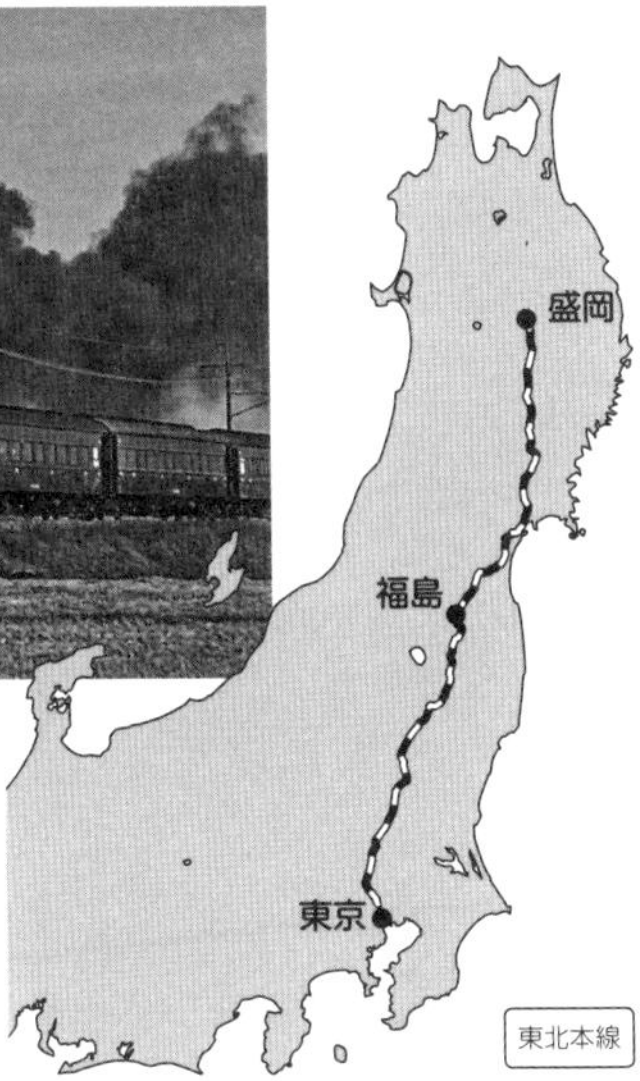

祭り

Kiyoshi Saito

会津伊佐須美神社の祭り　渡辺伸夫

七月一二日の朝早く、会津の伊佐須美神社のお田植祭りを見にでかけるために家を出た。会津若松で只見線に乗り換えて約二〇分。会津高田の駅に降り立つ。梅雨の晴れ間の会津盆地は朝から強い日ざしである。静かな町並を通って伊佐須美神社に直行し、神域に入ると、人影も少なく、深緑の森の中で蟬がしきりにないている。緑陰はさすがに涼しげである。

伊佐須美神社は会津高田町の宮林に鎮座するお宮で、延喜《えんぎ》式内社であり、陸奥国二の宮である。祭神は大毘古命《おおびこのみこと》・建沼河別命《たけぬなかわわけのみこと》。崇神天皇一〇年四道将軍派遣のことがあり、北陸道へは大毘古命、東山道へは建沼河別命を派遣されて各地を巡撫し、この親子二神が会ったところが会津の地名となったといわれている。会津開拓の祖神としてこの地方のうぶすな神である。そのたたずまいには古社としての風格がある。

ここのお田植祭りは古来、伊勢の朝田植、熱田の夕田植とともに高田の昼田植と称され、日本三田植の一つに数えられている。こうしたことを、いつごろ、どこのだれが言い始めたのであろう。お祭り好きの文人・学者か神官でもあったのか、とにかく朝昼夕というとりあわせの妙がある。やたら三つの祭りをワンセットにして観光的に宣伝している昨今の祭りよりは素直に受けとめることができる。

会津には古く耶麻《やま》郡磐梯町の恵日寺に田植祭りがあったらしく、そのときのものと思われる田植歌が書き残されている。建治元年(一二七五)書き改めの奥書のある巻子本で、格調の高い古雅な歌謡が三首誌《しる》されてある。その内の第一首を次に紹介しておこう。

ときはなす磐梯山のすそわ田に
沢水をせき入て
清水をいせきかけて
とるやさなへ
うゝるや若苗
秋たゝハ　さきたゝばしなへ

八束穂《やつかほ》にしなへ
神のみけのまけに
大神のとゆみけのまけにや

なんと清冽で感動的な歌であろう。崇高な信仰心がストレートに伝わってくる美しい歌だ。この恵日寺の田植祭りは今はないが、喜多方《きたかた》市慶徳の慶徳稲荷神社(半夏生)、会津坂下町の栗村神社(七月七日)、会津高田町の伊佐須美神社(七月一二日)にお田植祭りが行われている。これがさしずめ会津の三田植とでもいえようか。会津の三田植は神田で田植行事があること、田植人形が出ることに特色があるが、高田の祭りが規模が最も大きく、芸能も多い。私はこの夏、慶徳と坂下の田植祭りを見てきたので、最後を飾る高田の祭りにいよいよ大きな期待を寄せていたのである。ふるくは五月の末から六月のはじめにかけての子午卯酉のいずれかの日を選び行ったという。明治七年から現在の七月一二日が祭日となった。

日が高くなって午前一〇時近くになると、境内はいつの間にか近郷近在から集まった参詣人でいっぱいである。子供たちの晴着姿もみえ祭り気分も盛り上がっている。午前一〇時、太鼓の合図とともに、本殿ではおごそかに神幸祭《しんこうさい》が行われる。そして本殿前には獅子追いの少年たちが数百名もつめかけて、獅子追いの仮面拝受を待ちうけている。やがて神職が一同を祓い清めたあと、親獅子・白獅子・葦毛駒・鹿・白馬・赤馬・先牛・後牛の八種の仮面が、少年たちの年長者に手渡される。八種の仮面は木彫で頭には長い紅白の綱がついている。少年たちはびろうどの腹掛に襦袢・鉢巻姿で、鉢巻には伊佐須美神社の社印が押してある。神職の合図で紅白の綱につかまり、ときの声をあげる。そして「ワッショイ」、「ワッショイ」のかけ声も勇ましく本殿を左から三周する。太鼓が打ちはやされ、八つの仮面をもった子供を先頭にして、駆けまわる。小さな子供も参加している。三周すると南門から町内にくり出してゆく。もとは道筋の家々毎に裏口から入って前戸口に通り抜けて悪魔を払ったといい、土足のまま踏み込んでも許されたというから、その荒々しさは今日の比ではない。現在は町筋をかん声をあげながら練るだけである。むしろ子供たちの無病息災を祈る行事に変わってしまったようだ。町外れにある下町の御田神社に行き、御正作田《みしょうさくでん》に入って、はだしで田をかきならす。これを「田荒し」とも呼んでいる。獅子追いは正午ごろ、お宮に帰り、本殿を今度は右まわりで三巡し、仮面を返納する。神官からお札をいただき、これを鉢巻に飾って、子供たちは帰宅する。

これより先、獅子追いの少年たちが町内に出発したあとの本殿前庭では佐布川《さぶかわ》集落の早乙女踊りが奉納される。佐布川の若い衆、それも長男のみに伝えられている田植踊りである。踊り手は前列のえんぶり持ち二名と後列の早乙女七名で、同時に別々の踊りを行う。えんぶり持ちは頬かぶりに尻はしょってえぶりを持って踊る。踊りにはおどけた所作がある。早乙女はもちろん青年の女装、手甲・脚絆に菅笠姿である。いくぶん腰高だが、結構さまになって別に違和感はない。踊りには羽子板踊り・棒踊り・扇踊りの三種目がある。はじめは早乙女だけの羽子板踊り。羽子板は鋤や鍬の農具をあらわしているらしい。両手に一枚ずつ持って田を耕す所作をみせる。次に棒踊り。早乙女は両端に赤房のついた細い棒をもって田をならす所作。これにはえんぶり持ちも加わって踊る。最後に扇踊りで、早苗に見たてた扇で田植のしぐさをする。これは早乙女だけの踊りである。左手から早苗をとって右手で植える所作がやさしい。この早乙女踊りは元来は小正月に家々に舞いこんだ豊年予祝《よしゅく》の田植踊りであったものが、いつのころよりかお田植祭りの奉納踊りになったといわれている。

『祭りと芸能の旅1 北海道・東北』より 抜粋

解説

この稿で伊佐須美神社のお田植祭りが「日本三田植の一つ」として紹介されているように、田植を祭りとして行う風習は、全国に見られます。お田植神事などとも呼ばれますが、考えてみればなぜ農作業に過ぎない田植が、祭りや神事になり得るのでしょうか。

それは、稲作が田の神の力によって成り立つという伝統的な信仰観念に基づいているからなのです。米は田の神の子どもだと考えると、米が実るためには、田の神が結婚する必要がありました。そこで「早乙女」と呼ばれる女性が田の神の嫁として田植を行い、それによって豊作を願ったのです。だからこそ、田植は若い女性に限られ、そうした早乙女が田植をする様が、祭りや神事として営まれてきたのです。

一方、実際の田植の季節ではなく、正月に田植の様を舞踊化して演じるという風習も、東北地方には数多く見られます。年の始めに、その年の豊作を演じてみせることで、それが実現するという信仰に基づいています。このことを「予祝」と称します。

後半で述べられている、青年による「早乙女踊り」は、まさにこの予祝のための踊りと言えるでしょう。青年が早乙女に扮するという例は、東北地方ではよく見られます。やはり本来は小正月に踊っていたものが、いつしかお田植祭りに加えられたのでしょう。

こうした早乙女踊りは、中通り・浜通りに行くと「田植踊り」と名を変えて、様々な地域で伝承されています。特に浜通り北部では、七十ヶ所に及ぶと言い、福島を代表する民俗芸能の一つとなっています。
稲作は、本来はもっと暖かい地域で行われるもの。現在のように品種改良が為される以前、寒い地方での稲作には、相当の苦労があったのでしょう。稲作にかける熱い想いが、こうした祭りを通じて伝わってきます。

早乙女踊りを踊る青年たち。

渡辺伸夫
(わたなべ　のぶお) 1942～

福島県生まれ。1964年に早稲田大学商学部を卒業後、早稲田大学演劇博物館の学芸員を務める。2000年より、昭和女子大学教授に。大学時代に訪れた長野県の山村で祭りを見学し、そのエネルギーに圧倒された経験が、祭りと芸能の研究のきっかけになった。日本民俗学会会員。民俗芸能学会会員。

『祭りと芸能の旅 1　北海道・東北』
ぎょうせい／1978年

現夢童子の谷――檜枝岐　松永伍一

ながいあいだ、私は檜枝岐を恋しつづけていた。十六、七年も前になろうか、宮内寒弥《みやうちかんや》氏の『秘境を行く』を読んで、檜枝岐の存在を知って以来のことだ。その本に入れられた口絵写真の石仏も美しかったし、著者の視点も納得できるところが多かった。ちょうど、そのころから私の体質に合う辺境への志向と幻想とが強くなっていたので、「心のなかに深くやきついた土地は、いつまでも日本人の原郷として幻のままにとっておこう」と肚《はら》におさめておいた。

「全山、山また山で平地といったものはほとんどなく、全村で水田(試作田)が一反半、畑地が二十四町しかない。おまけに山林もそのほとんどを国有林に取り上げられてしまって民有林はわずか二千二百町歩しかないため村民の生活は楽ではなく、いまのところ尾瀬への観光客にでも頼る以外にはこれといった収入の道は、考えられない始末だ」(同著)

ここで「観光」という言葉が出ていた。現実の暮らしが苦しければ逃げ道の一つに「観光」という名目での客の導入をおもいつく。どこでもその手段をとっていると言えなくもない。だが、「観光」を持ち出したのは近年のことで、昔はまず食糧がなく、食い扶持《ぶち》を減らすために遠隔地へ出稼ぎをするということすら、自然条件のきびしさから来る制約のためできにくかったという。半年間冬籠《ふゆごも》りの生活を送って、五月の雪解け期に入ると一家揃《そろ》って「出小屋」へ出て、秋の収穫期までそこで働くという「特殊な生活様式」があったと、宮内氏は書いておられる。「出小屋」は本村から十キロ以上もあるところに建てられた粗末な小屋で、人びとはそこを根拠地として山仕事や熊《くま》狩りや山椒魚《さんしょううお》・岩魚《いわな》獲《と》りの仕事をするのが慣《なら》いであったという。アワ、ヒエ、ソバ、トウモロコシなどの主食の作付けから取り入れまでは女たちに当てがわれた仕事だったが、その辺に農耕に関する技術や方法が進歩しなかった原因があったとする指摘も、もっともだとうなずかされた。

（中略）

旅館のすじ向いのお宮へ、私は走った。参道にそってつるされた提灯《ちょうちん》が、まつりの気分をこしらえている。もう歌舞伎も大詰めにきていた。観客のなかにまぎれ込んで、演《だ》し物《もの》は何かと考えた。舞台の右手、花道のところに垂らされた紙に「奥州安達ケ原袖萩祭文《おうしゅうあだちはらそではぎさいもん》の段」と記されている。地元の「千葉之家　花駒座《はなこまざ》」の人びとが、素人ながら張りきって演じている。玄人《くろうと》と比較することは無茶だし、できないのだが、わりに巧いと感じさせる人も中にはおり、中学か高校の学芸会の雰囲気を出ない人もある。それらの演技を見ていると、「この地にどうしてこんな歌舞伎が定着したのだろう」というおもいが、とめどなく湧き出てくる。

「本場の歌舞伎とそっくりおなじ台詞《せりふ》ですね」と、新劇俳優の友人が言う。

「この土地に根づくときに、方言的なものが加わらなかったのだろうか。それが不思議だね」

と、私は言った。

「ただの娯楽として伝えられたのだろうか」

「娯楽以上の、意味のあるものにしていくには、観る方の強い要求が当然なくてはならぬし、テーマを自分たち流に解釈して、台詞も方言を用いて作り替えるようなこともあっていいとおもうんだ」

「そっくりそのままを真似《まね》して伝えるのも大変なことだが、これを檜枝岐独自の地芝居にしていこうという発想は、ここでは出て来なかったのかね」

「いまの、地方文化のあり方を規準にしてこの歌舞伎を見ると、伝統として生きてきたことの意味の他に、もう一つアレンジが必要だったような気がするけど。江戸歌舞伎や上方《かみがた》歌舞伎を正当に伝えることに、昔の人びとはウエイトを置いてきたのかも知れないね」

「辺境の人びとの、中央コンプレックスということ？」

「本場のものとまったく同じものをやれるということと、やっているということが、一種の誇りになるというのも、辺境の人びとの気持のなかにありがちだろう。だから、これも地域の文化の一つの型と見れるし、方言を入れてアレンジするのも一つの型として見ることができる。二つがいっしょになってしまったら土台から崩れてしまうんだ」

「そうか、なるほど」

歌舞伎を見終わって、小走りで旅館に帰り、用意された冷たい料理をつつきながら、私たちはこんな対話をした。

この歌舞伎は、毎年春の愛宕《あたご》様の祭りのある五月十二日と、夏の鎮守様の祭礼日の八月十八日に、舞殿《まいでん》という常設舞台で行われてきた。この舞殿は明治二十年ごろ建てられたものだが、形もおもしろく、構造もしっかりしている。昔は、舞台の右側の太夫座《たゆうざ》で浄瑠璃《じょうるり》を語っていたそうだが、いまは伝承者がなくなって、テープレコーダーに吹き込んだものを利用するしかないので、舞台全体にいま一つもりあがりが足りないと感じさせるが、小学校の講堂などで演《や》るのとちがった味わいは出ている。

これだけこの地に根づいてきたのに、発生に関する資料はないらしい。山口弥一郎著『秘境檜枝岐の歌舞伎』でも「村の伝承によると、元禄六年（一六九三）五月に、当時の白河藩主松平大和守が歌舞伎を大変愛好されて、白河の関を越えて、はじめて東北のみちのくに伝えたものであるという。どうも会津方面に地芝居として歌舞伎が流行したのは、さらに下って寛政より文化・文政の頃であるから、そんなに古くからのものとも思われない」とある程度で、根っこのところは曖昧である。ただ、つぎの部分は知っておくべきだろう。「どうしてこの歌舞伎を習い覚え、伝授されてきたかを調べてみると、いろいろあったようである。地方巡業の際芝居好きの者がつきまとって習ってくるか、村人が芝居修業のため江戸や京都にわざわざ出かけて行く者さえあった。檜枝岐の歌舞伎は伊勢参宮などに畿内地方に出かけた際、上方歌舞伎を習ってきたもので正統をついでいるという誇りを伝えている。興味があれば関心も強く、城下町若松などへ歌舞伎がかかる際は、数泊して見よう見真似で覚えてくるなどともいっている。付近の山村に幾つもの座があったから、互いに教えあい競いあって、自分たちの特徴・出し物など技を競いあうなどのこともあったろうと思う」という。

しかし、これだけの完璧な形をもつ歌舞伎が、ただ物真似的な受けとり方で定立するだろうか、と私は考えた。

檜枝岐川のせせらぎを聴きながら、私は友人と二人で、歌舞伎渡来にまつわる幻想をこしらえながら「山間辺地に芸能が入ってくるには、したたかな毒が混在しているはずだ」と言い合ったものだった。

――寛政のころ、遊女と駈け落ちした歌舞伎役者がいた。江戸猿若《さるわか》座の有力な役者である。それが、遊女を身受けする金のないまま、心中覚悟で逃げてきたのである。興行中のこととて、座は大揺れにゆれた。かれらは日光東照宮詣でというかっこうで、人目を避けながらやってきたが、一人の僧に素性を見破られ、「死ぬほどの意志があるなら、名を変えてでも芸に打ち込みなされ」と諭《さと》された。この僧は、人里離れたところで、追っ手のやって来ない場所に案内すると言って、檜枝岐へ連れてきた。役者は中村星之助と改名し、寺の客分となり、村びとたちに歌舞伎を教えた。

「こんな幻想はどうだろう」

「凄《すご》みがないね。もう少しエロティックな、悪徳のにおいのするのがいいよ、歌舞伎の世界は異形《いぎょう》の世界なんだから」

「そりゃそうだな。ぼくは、源平藤橘《げんぺいとうきつ》の子孫がこの地に住んだという平凡な伝説よりも、歌舞伎に関するおもしろくて哀しい伝説があった方が、どんなにか檜枝岐をひき立てるかわからないとおもうんだ」

そう言って私は、もっとちがう幻想の方へおもいを戻さなくてはならない。

「出作り」という形態について少し触れたが、歌舞伎とも深い関係があると指摘されるのは山口氏だ。「永い閉じこめられた豪雪期間の冬が明けて、出作りに散っていく村人の春の祭りの共同体としての生活、だんらんである。夏の農閑期、お盆の仏供養、鎮守神祭りとしてまた夏の村へ帰る。その集りが村祭りの歌舞伎の鑑賞につながるわけである。そして秋の収穫にと冬までのひと時を出作り小屋へと働きに出て行く」というわけだ。暮らしと密着して芸能が育っていく事情は各地にあるが、檜枝岐の場合は歌舞伎という本格的な芸能だから、私は詩人の幻想志向を楽しんでもみたくなったのだ。
この種の芸能発生に関する推理は、大して意味をなさないのだと知ってはいるが、実際のところはわからない。「この村の生活にたえぬいている人々の切なる願いに、ぴったりとあった」という山口氏の感じ方を大筋で認めておく程度にとどめておこう。

『角川選書139落人伝説の里』より　抜粋

解説

詩人であり作家である松永伍一《まつながごいち》は、各地に伝わる子守唄研究の第一人者でもあり、そうした民俗文化に対して深い造詣がありました。

この作品で著者が訪れたのは、福島県の西南端、南会津郡にある檜枝岐村です。村の総面積の九十八パーセントを森林が占めており、二〇〇五年の国勢調査によれば人口密度が日本一少ない市町村だという結果が出ています。そのような山深い村で、「檜枝岐歌舞伎」と呼ばれる村人による歌舞伎が、江戸時代より続いているのです。

歌舞伎といえば、江戸時代の初頭に始まり、上方（京・大坂）と江戸とで栄えた演劇文化です。しかしそれ以外に、旅役者たちが各地を回って披露することも行われていました。そのうち見るだけに飽きたらず、自らも演じてみたいという欲求が高まったのでしょう。旅芸人に学んだり、自ら江戸や上方で学ぶ者も出てきて、全国各地に歌舞伎が広まってゆきました。プロの役者ではない、普段は農業などをしている普通の村人が演じるわけです。こうしたものを「農村歌舞伎」とか「地狂言」、「地芝居」などと称します。檜枝岐歌舞伎はその代表格といってよいものでしょう。

舞台となるのは神社の境内にしつらえた常設の舞台。上演されるのは祭りの日で、神に奉納する形で演じるのです。観客が座るのは当然野外ですが、境内が舞台に向かって段々に下がってゆく桟敷になっているため、意外に見やすいのです。

一時は後継者不足に悩まされたこともあったようですが、現在では観光資源としても確立しており、村を挙げてこの歌舞伎を支えています。

檜枝岐歌舞伎は屋外で行われる。平成11年に福島県の重要無形民俗文化財に指定された。

松永伍一

（まつなが　ごいち）1930〜2008

福岡県三潴郡大木町生まれの詩人・評論家・エッセイスト。八女高校卒業後、地元で教師になる。1957年上京し執筆活動を開始。文学・民俗・宗教・芸術など、その評価は広範囲にわたる。農民やキリシタン、落人のような、敗者・弱者に対する共感を叙情的に描く作風で知られる。

『角川選書139 落人伝説の里』
角川書店／1982年

自然と風土

Kiyoshi Saito

夏の思い出

江間章子

夏がくれば　思い出す
はるかな尾瀬　遠い空
霧のなかに　うかびくる
やさしい影　野の小径
水芭蕉の花が　咲いている
夢みて咲いている水のほとり
石楠花色に　たそがれる
はるかな尾瀬　遠い空

夏がくれば　思い出す
はるかな尾瀬　野の旅よ
花のなかに　そよそよと
ゆれゆれる　浮き島よ
水芭蕉の花が　匂っている
夢みて匂っている水のほとり
まなこつぶれば　なつかしい
はるかな尾瀬　遠い空

『〈夏の思い出〉その想いのゆくえ』より

解説

詩人にして作詞家の江間章子《えましょうこ》を代表する作品の一つです。詩人として活躍していた一九四九年、NHKラジオの「ラジオ歌謡」で、この「夏の思い出」が発表されました。作曲をしたのは、「めだかの学校」や「ちいさい秋みつけた」など多くの童謡を手がける中田喜直《なかだよしなお》。未だ終戦から四年という時期でしたが、日本人の心にこの歌が深くしみ渡ったのでしょう。発表とともに、大きな反響を呼びました。後には音楽の教科書にも掲載され、誰もが知る歌となります。それまで一部の人にしか知られていなかった尾瀬が、一躍有名になったのも、この歌のおかげといえます。

尾瀬は、福島県の南西端に位置し、栃木・群馬・新潟にもまたがって存在する高原です。歌にあるように水芭蕉が群生する湿原で、会津に向かって流

江間章子

(えま しょうこ) 1913～2005

新潟県生まれの作詞家・詩人。幼少時を岩手県で過ごす。女学生の頃から新詩運動に参加し、卒業後上京。1936年に詩集『春への招待』を刊行。1949年には尾瀬への思いを綴った「夏の思い出」を発表し、尾瀬が有名になるきっかけとなった。校歌の作詞も多数手がけている。

『<夏の思い出> その想いのゆくえ』
宝文館出版／1987年

れる只見川の水源にもなっています。

「夏の思い出」の影響で多くの観光客が訪れるようになり、湿原には木道が整備されました。しかしそうなると今度は、環境破壊が問題となります。そこで尾瀬では、貴重な自然を守ろうという運動が湧きあがり、様々な対策が取られるようになりました。

まず予定されていた道路建設の変更、マイカー乗り入れの規制、ゴミの持ち帰り運動等々。環境保護としては先進的な試みが、次々と実現していったのです。

現在でもマイカーで行った場合には、途中の駐車場に車を停めて、バスなどに乗り換える必要があります。そしてバスを降りてからも、最短でも一時間は歩かなければなりません。少し不便かもしれませんが、だからこそ「はるかな尾瀬」なのであり、その美しさが守られているのでしょう。

水芭蕉が咲き乱れる初夏の尾瀬。

小磐梯

井上靖

　翌日、詰まり七月十五日のことですが、私は烈しい地鳴りの音で眼を覚ましました。六時少し前のことでした。と言いますのは、蒲鉾商人も床から起き出して、どこに持っていたのか大型の金側時計を雨戸の隙間から洩れる白い光に当て、その時刻を口にしたからであります。

　私も蒲鉾商人ももう眠れませんでしたので、雨戸を繰った縁側に坐り、早朝の冷たい空気を肌に冷たく感じながら莨《たばこ》を喫みました。そうしているうちに納戸の方でも雨戸が開けられ、家人の寝ている板敷の間の方でも雨戸が繰られ始めました。みんな山鳴りのお蔭で起き出してしまったわけでありました。併《しか》し、農家としましては決して早い時刻ではありませんでした。坂道一つ隔てた隣家ではとうに起きていたものと見え、そこの前庭で留吉と春太郎が何か話しながら草鞋《わらじ》を履いている姿が見えておりました。そのうちに粂の姿も、金次、信州の姿も見えました。みんな仕事に出掛ける支度をしております。私はこれから朝食も摂らねばなりませんので、彼等より一足遅く出掛けることにしました。

私は見るともなしにそうした仲間の姿に眼を当てていたのですが、そのうちにこちらを振り向いた留吉が私の姿を眼に入れたらしく、右手を軽く上げて、先きに出掛けるという合図をして寄越しました。粂、春太郎、留吉、信州、金次の順で、彼等は隣家の前庭から姿を消して行きました。

隣家に泊った連中が出掛けてから三十分程して、私と蒲鉾商人と心中志願の若い男女は揃って農家を立ち出ました。女はゆうべ着ていた紫色の着物を今日も着ており、私にはそのことで二人がまだ死ぬ気持をなくしていないように思われ、多少腹立たしい気持にもなっておりました。

「私はこれから秋元へ行くが、あんた方も一緒について来るがいい。そこから人をつけて、猪苗代へ送って上げる」

私は二人にそんな一方的な言い方をしました。男は軽く頷き、女は俯向いたまま黙っていました。その時私は二人の表情から男は既に死ぬ気をなくしており、女だけが執拗に死に取り憑かれているのだという気がしました。あるいは男の方は初めから積極的に死ぬ気は持っていず、女に引張られて厭々ながらこの高原にまで連れ出されて来ていたのかも知れません。そういう見方をすると、私には却って女のいちずさが妙に哀れなものに見えて参りました。

私たちは、私が昨日秋元へ行く時取った同じ道を、長瀬川に沿って歩いて行きました。昨日に劣らず空は気持よく晴れていました。雲一つなく淡い藍色に澄み渡っています。大沢部落を出て二町程の地点で、道は小深沢から流れている小渓流にぶつかりますが、丁度その川を渡ったところで、道は秋元の方へ行く道と、川上、長坂の方へ通ずる道と二つに岐れます。蒲鉾商人はそこで私たちと別れ、少し上りになっている熊笹の中の道を、その中に半分体を埋めながら歩いて行きました。彼は白シャツ一枚になって、着物を入れた風呂敷包と小さい手提鞄とを振分けにして肩に担いでおり、ひどく道を急いでいる恰好でいやにせかせかした足取りで歩いていました。やがて白いシャツは全く熊笹の中に消えました。

私は押し黙った都会の男女を供にして、小野川との合流点へと向いました。蒲鉾商人と別れてから何程も行かないうちに、私たちは道路に沿った小高い丘に十人程の部落の子供たちが立っているのを見ました。小さいのが五、六歳、大きいのが十歳ぐらいで、みんな連れ立って遊び場所を探しにやって来たといった感じでした。学校というものがこの辺にあろう筈はありませんので、もう少し大きかったら家の手伝いをさせられるのですが、まだそれにはいかにしても年齢が足りなく、養蚕の忙しい時期のことでもあり朝から家を追い出され、このところ毎日のように勝手気儘に野放しにされているのでありましょう。

子供たちの一団は道より一段高い処に陣取って、そこから私たちの通って行くのをじろじろと見降ろしておりました。私も子供たちの方へ視線を投げましたが、私はその時その中にゆうべ私たちが泊った農家の子供たちも居るのではないかという気がしました。大体農家の子供というのはみな同じような顔をしているもので、そこには囲炉裏端で地震に怯えた子供の顔もあれば、黙って山鳴りの音の行方に耳を澄ましていた子供の顔もありました。どれがどの家の子か区別はつきませんでしたが、私はゆうべ厄介になった家の子供がそこに居るかどうかを確かめ、居たらその方に声の一つも掛けてやろうという気でいました。

丁度その時でした。正確に言うと七時四十分頃になっていたと思うのですが、私は大地が大きく揺れ動くのを感じました。今までの地震とは全く異った烈しい揺れ方で、私はいきなり地面に屈み込みました。山鳴りか地鳴りか判りませんが、何とも言えぬ不気味な地殻の底から突き上げて来るような音が聞えています。若い女が体の重心を失って、蹣跚《よろ》めいて膝を地面につくのが、私の眼に映りました。やがて私は立ち上がりましたが、二度目の震動で再び屈み込みました。こんどは右手を地面につけ体を支えました。子供たちも地面に坐り込んでしまったのか、台地を見上げても、その姿は見えず、台地からは砂塵のようなものが舞い上がっていました。

二度目の地震が鎮まった時、私は前にこりて、こんどは用心して体を起しました。私の横では若い男が女に手を藉《か》して女の体を起していました。

私はその時台地の上に坊主頭が一つ二つ立ち上がって来るのを見ました。そして全部の頭が私の眼にはいって来た時、私は一人の子供が大きな声で唱うように叫ぶのを耳にしました。

——ブン抜ゲンダラ、ブン抜ゲロ

すると何人かの子供がまるで体から振りしぼられるような声でそれに和しました。

——ブン抜ゲンダラ、ブン抜ゲロ

私ははっきりと何人かの子供たちが磐梯山に向い立っているのを見ました。そして私の耳は彼等がありったけの声を張り上げて叫ぶのを聞きました。

——ブン抜ゲンダラ、ブン抜ゲロ

そうです。その歌とも叫びとも判らぬ絶叫の合唱が終るか終らぬに、轟然たる大音響が大地をつんざきました。私は自分の体が一間程右手へ吹き飛ばされ大地へ叩きつけられるのを感じました。大音響は次々に起り、大地は揺れに揺れています。いつ私の眼が磐梯山を捉えたのか、そのことはあとで考えても判りませんが、兎に角その時、磐梯の山頂からは火と煙が真直ぐに天に向って噴き上がり、その地獄の柱は一瞬にして磐梯自身の高さの二倍に達していたのであります。磐梯はまさしくぶん抜け、この時小磐梯は永遠にその姿を消してしまったのでした。勿論こうしたことは私があとで知ったことであります。

それからどうして私が助かるに到ったか、私はそれを正確に語ることはできません。磐梯山の北斜面を岩石と砂の大きな流れがいっきに駆け降り、それが山麓一帯の密林地帯を次々に呑み込んで行くこの世のものとは思われぬ怖しい情景をまるで夢のように覚えています。そしてその恐しく速い激流の裾にすくわれるようにして、紫色の着衣が、小さな一枚の紫色の紙きれのように空間に舞い上がり、それが一瞬にして泥土の流れの中に落ちて消えたのは、いつどの辺の場所だったでしょうか。すべては小石と灰が絶間なく落ちている昼とも夜ともつかぬ薄明の中に行われたのであります。私は無我夢中で小野川の川っぷちを走って秋元部落北側の高地へ逃れましたが、ただそれだけのことで、私は九死に一生を助かったのでありました。若し私の逃げる方向が少しでも違っていたら、私は難なく、泥土の流れに捉えられ、影も形もなくなっていたことでありましょう。

磐梯が抜けてから僅か一時間程で、細野も大沢も秋元も岩と泥土の流れに呑み込まれ、何丈かの岩石の堆積の下になってしまいました。これら北麓の部落許りでなく東麓の諸部落の中の幾つかも同じような悲運に見舞われたことは御承知の通りであります。

磐梯噴火について正確な調査報告も数多く発表され、今更私如きが附け加える何ものもありませんが、私は地質学者のいかなる報告とも違った噴火についての私の見聞を何となくお話してみたかったのであります。私には、

――ブン抜ゲンダラ、ブン抜ゲロ

という子供たちのどうにもできなかった気持からの山への挑戦を、その叫び声を、今でも耳から消すことはできないのであります。

『洪水』より　抜粋

解説

磐梯山は、標高一八一六・二九メートル、会津を代表する名峰として知られます。古くは磐梯をイワハシと読み、天にかかる岩の梯子に見立てられたといいます。南側を表磐梯、北側を裏磐梯と呼び、特に裏磐梯から見る荒々しい山容は、この山が活火山であることを物語っています。

明治中期まで、この磐梯山には四つの峰が存在していました。それぞれ大磐梯・小磐梯・赤埴山《あかはにやま》・櫛ヶ峰《くしみね》の名があります。古代にはおそらく富士山のような秀麗な一つの峰であったものが、噴火によって頂上が崩壊し、この四峰が誕生したのではないかと考えられています。

ところが一八八八年の噴火によって、小磐梯自体が崩壊しました。その時の様子が、この作品で描かれています。執筆にあたって著者は、現地取材を丹念に行ったそうです。

一八八八年七月十五日の朝七時四十五分、この噴火は始まりました。やがて水蒸気爆発によって小磐梯が崩落。土石流は、北麓の五村十一集落を呑み込み、さらに長瀬川《ながせがわ》をはじめとする河川を堰き止めました。公式発表によればこの時の死者は、四七七人に及んだそうです。

この災害に際して、前年に博愛社から改称したばかりの「日本赤十字社」が、初の救護活動を行いました。この救護は、世界的にも赤十字社が戦争以外で初めて行った活動となりました。そのため裏磐梯にある五色沼《ごしきぬま》の近くには、平時災害救護発祥の地を記念した石碑が建てられています。

五色沼を始めとする裏磐梯の数ある湖沼は、明治の噴火で川が堰き止められたことで誕生しています。大きな犠牲をもたらした噴火ですが、皮肉にもそれが後の観光スポットを生んだわけです。

噴火によって頂上が崩壊した磐梯山。

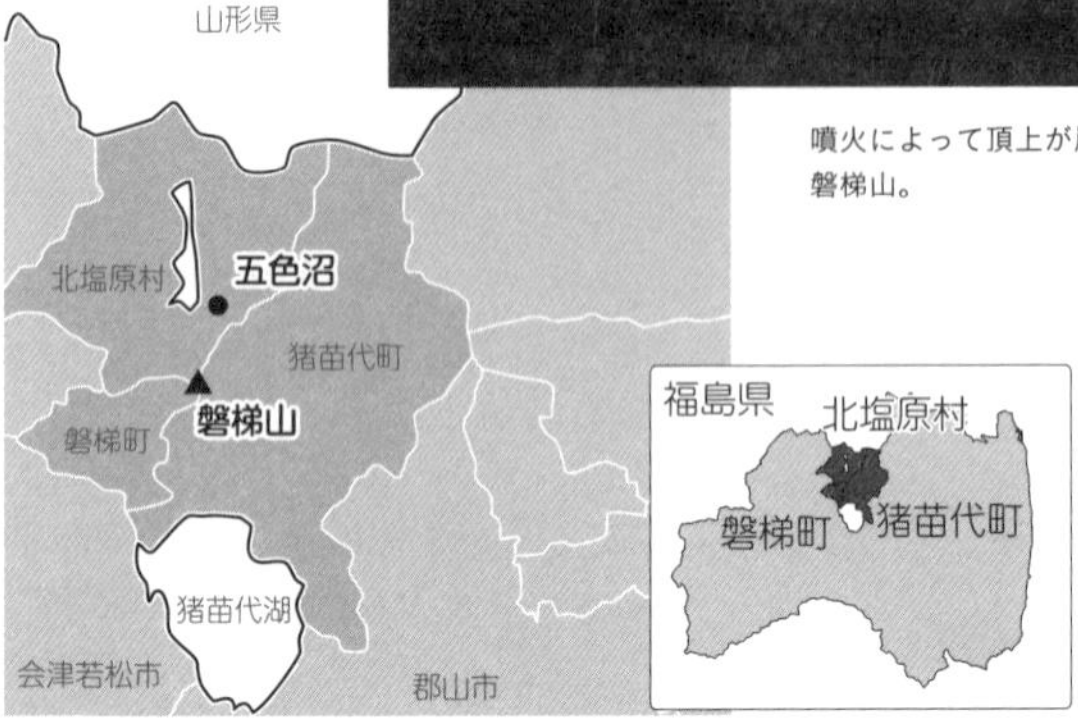

井上靖

(いのうえ　やすし) 1907〜1991

北海道旭川市生まれの小説家・詩人。京都帝国大学(現在の京都大学)卒業。在学中に懸賞小説で入選。その縁で毎日新聞社に入社する。1947年発表の「闘牛」で、芥川賞を受賞。他にも、中国を舞台とする歴史小説を多数発表し、日中友好にも力を尽くした。

『洪水』
新潮社／1962年

吾妻の白猿神

戸川幸夫

「白毛ッ子」がいつ生れたのか、どういうわけで、六十四を超える群の中で彼だけが真ッ白なのか、「白毛ッ子」の父親はどれなのか、樵父《きこり》も判《わか》らない。ただ彼が知り得たことは「白毛ッ子」の母親も普通の毛皮を持った日本猿だった、ということだ。

樵父が最初にこの「白毛ッ子」と面《つら》つき合せたのは大正の初めだった。老人もまだ二十二歳の若者だった。彼の友人である村の青年たちは大部分が兵役に服したが、彼はあの損傷で兵役を免除された。彼はそれを恥じらい、たった一人で吾妻に分け入った。それだけに彼は人一倍仕事した。彼の焼く炭は量でも、質でも他をぐんと引離していたが、損傷のひけ目が彼を村人とあまりつき合せなかった。それが孤独な山男と白猿の友情の〝秘密〟を永く保《たも》たせた。だからこの白猿は生れ落ちた時からの白猿であって、決して劫《こう》を経てなった白猿神でないことを彼だけは知っていた。

峻嶮《しゅんけん》な連峰の見事なガウン——檜《ひのき》、あすなろ、白樺《しらかば》、五葉松、橅《ぶな》、栂《つが》、楢《なら》、楓《かえで》などの混生林は野生の鳥獣たちにとっては絶好の隠れ蓑《みの》である。ここには熊、羚羊《あお》、貛《あなぐま》、狐、狸、貂《てん》、鷲、鷹などが数多く棲《す》んだが、特に猿の群にとってはまたとない好条件に恵まれていた。針葉樹や闊葉樹《かつようじゅ》の原生林には山ぶどうや沢ぶどう、あけび、野いちご、筍《たけのこ》、山栗などが豊富で、しかも避難場所である絶壁と岩嵓《がんくら》が到るところにあったからだ。猿たちは人間やその奴隷《どれい》である犬どもの侵入によって、かつては自分らの祖先の地であった楽園——原野——を捨てて険しい岩壁や深い密林を楯《たて》として、この横暴な動物どもの主権に屈しまいと生きているのだった。

この連峰の豊富な獲物に、地もとの福島や山形の猟師だけでなく、秋田、宮城、新潟、遠くは東京やその近県などからも多数の猟人や職業猟師たちが入り込んできたが、しかし彼らは、猿は、特別な場合の外は狙《ねら》わなかった。猿の皮や肉が他の野獣に比べて価値の少ないという理由だったが、しかし、もっと根本的な理由は人間に近い優《すぐ》れた智能を持ち、発達した集団生活を営んでいる森の小人たちに容易に近づくことが出来ないからである。

吾妻連峰には三つの大きな猿の社会が在った。第一群と第二群は福島県側、大倉川の絶壁と、中津川の渓谷に拠《よ》り、第三群は山形県側、天狗岩、人形石、吾妻温泉を結ぶ三角地帯に棲息《せいそく》していた。これら三つの群はいずれも目の眩《くら》むような岩嵓を栖としていたので、猟師も猟犬もあまりこの地域には近よらなかった。

樵父の若者だけは違っていた。彼の血管には、遠い祖先の血が弓と矢で味わった異様な昂奮《こうふん》を捲き起こすこともなかった。彼は黙々と木を伐り黙々とそれを焼いた。猿と彼との間には友好的な平和だけがあった。利口な猿は、同じ人間の中にも猿に似て平和を愛する分派があることを彼によって知り、彼の周囲には平然と現われた。樵父が作り出す紫色の煙は、物の焦《こ》げる危険な臭《にお》いを持ってはいたが、彼が作り出した場合、何の殃禍《わざわい》も齎《もた》らさなかった。

樵父は樹を求めて弥兵衛平《やへえだいら》から東大巓《ひがしだいてん》を越え、中津川渓谷のヤケノママに炭竈《すみがま》を移した。春は晩《おそ》かった。だが、この辺《あた》りでは尾根の蔭には核雪《さねゆき》がまだうす汚れのした姿を残していた。この日はとくに暖かく、山は死んだように静まり返っていた。原生林では春を知った闊葉樹が若葉を美しく伸ばしはじめ、甘い、湿った息づかいで満たしていた。眠いようなキジバトの声が繁みの奥から聞え、木の葉越しに明るい太陽が、ほんとうはもう初夏なんだよと告げるように輝いていた。

この辺りさ竈《かまど》を築くかな、と樵父は尾根下の、やや窪《くぼ》みになっているところで弁当をつかいながら考えた。傍の岩蔭には猿の糞《ふん》があった。それはポロポロで、狸の溜《た》め糞のようにうず高く堆積《たいせき》されていた。よく見るとそういった残骸はそこにも、ここにもあって、古いのは白く風化していた。

弁当箱をしまうと樵父は箸《はし》代りにした小枝で糞をつついてみた。糞はバラバラに壊れて木の皮や種子の破片に混った甲虫の羽などを散らせた。

クー……ずっと上の繁みで低いが、しかしよく透《とお》る声が響いた。キジバトとは異《ちが》っていた。鳩に似てはいるが、やはり哺乳《ほにゅう》動物の声帯から洩《も》れてくる声だった。

と、こんどは前よりも近くウーとそれに応《こた》える平和な声があった。

猿、居ンな……樵父は前かがみになって声の方を透《す》かしたが、そこには緑の厚い壁があるだけだった。

クー、ウー、クー、ウー……一声ずつのやり取りが暫《しばら》く交され、また別の方角でクィー、クィー、ウァーという柔らかな囁《ささや》きが起った。下の方でも力強いグヮーという低音《バス》が聞えた。

樵父の周囲は緑と声の世界であった。
ガ、ガ、ガッ……怒鳴りつけるような声と共にギャー、ギャーという悲しい啼《な》き声が聞えた。おそらく、餌《え》の拾えない見張猿が若い猿の頬袋から餌を奪い取っているに違いなかった。
木がバサバサと激しく揺れた。が、姿は一つもなかった。これは魔法の群であった。

グー、ウェー、グー、ウェー……幅の広い低音《バス》と金属的な高音《ソプラノ》の二部合唱が左手で起った。

それは山肌と樹木の呼び交しでもあった。が、二部合唱は次第に協調的でなくなり、呼び交しがやがて激しい叫びとなって最高潮《クライマックス》に達した時、樵父は全然別な物音を耳にした。

それは鋭い羽音だった。アギャーというたえいるような子猿の叫び、続いてゴ、ゴ、ゴ、ゴッという大人猿の怒り声、群の広がりのあちらこちらで樹から飛び降りる慌《あわ》てた音で騒ぎは拡大された。

樵父は開けている尾根に駈け上った。緑の斜面は急激に前に落ち窪み、沢に続いていた。その一角に大きな肉食鳥の影があった。犬鷲は猿の一匹をその鋭い鉤爪《かぎつめ》に吊《つる》して浮び上った。

樵父は手にした薪《たきぎ》の一本を犬鷲めがけて力いっぱい抛《ほう》った。そして大声で怒鳴った。

薪は鳥の遥か下の方をくるくると舞いながら密林の中に消えたが、鷲かすには十分だった。

犬鷲はかなりの高さから獲物を落して飛び去った。

もうこちら側には静寂だけが残り、向いの尾根の斜面に揺れるブッシュがあった。幅の広い帯のように一つの流れを持っていた揺れは移動する群の存在を知らせた。

ブッシュの流れは尾根で断たれ、猿たちが現われた。最初に逞《たくま》しい牡《おす》が一匹、続いて若い牡が四、五匹。それから牝《めす》と牝に連れられた子猿がぞろぞろと跳《は》ね飛んだ。その牝の群に混って幾匹かの巨大な牡猿が空と後方を警戒しながら大急ぎで通った。次に若者猿、そして最後に特に大きくて金色のふさふさとした毛に覆われた巨猿が現われた。彼は堂々とした態度でじっと空を見上げ、それから尾根の岩の上に坐って樵父を凝視した。太陽を受けてその眼は琥珀《こはく》色に光っていた。

「あれ」

樵父は思わず叫んだ。見張っている巨猿の下を一匹の年寄り猿の背にしがみついて移動してゆく白い点を見つけたからであった。

その子猿の純白さが褐色や栗色の毛皮の流れの中で一つだけぴかっと光を放っていた。そしてもっと不思議だったのは、それを背負っている老猿だった。赤い二つの脾胝《しりだこ》の蔭に明らかに男性の徴《しるし》をこれ見よがしに見せていたからである。

群が去ると樵父は鷲が落した猿を探した。鋭い巨大な鉤爪に掴まれた猿は哀れにも息が絶えていた。牝猿だった。そしてその乳房は桃色にふくらんで子持ち猿であることを示していた。

「だば……あの白毛ッ子が……」

この猿の赤ん坊に違いない。白毛は緑色の中でも一番目立つ。鷲は、きっとあの「白毛ッ子」を狙ったに違いない。そして母猿は赤ん坊を庇《かば》って死んだに違いない、と樵父は思った。父を失った時の悲しみが樵父の胸に甦《よみがえ》った。子を護るために生命を落したこの母猿に樵父は暗然とした。彼は炭焼竈の傍に母猿を埋め、塚を建ててやった。

「白毛ッ子」が、知る、知らないは別として、樵父と白猿神の友情はこうして始められたのであった。

夏が過ぎ、秋が訪れた。中津川に沿って猿倉《さるくら》から御姥《おんば》ヶ沢《さわ》と炭焼の放浪を続けた樵父が再びヤケノママの竈に戻った時は、山は真紅《しんく》に燃え、もう直ぐに氷の季節がやってくることを告げていた。

山の空気は澄んで、シーンと冷たく、空はあくまでも青かった。

猿たちは、山ぶどうの稔《みの》りを求めて、樵父の炭竈の周囲に群れた。

樵父はあの「白毛ッ子」を探し求めた。もしかしたら不愍《ふびん》にも死んでしまったのではなかろうか……。

しかし、それは彼の杞憂《きゆう》だった。山ぶどうで満腹した群は岩場の陽だまりを求めて遊んでいた。岩の隙間《すきま》から生えた木や岩場では猿たちは思い思いに眠ったり毛づくろいを始めていた。

猿の社会は、暴力政治ではあったが厳然と秩序が保たれていた。採食時や発情期には特にそうで、強者の縄張りは画然《かくぜん》として他の犯すことを許さない。しかしこういった休息時や毛づくろいの間では個体の縄張りは強く主張されなかった。群の中心勢力をなす巨猿と若猿とが交互に毛を分け合っていた。

樵父はその群の中に年を取った大猿に抱かれている「白毛ッ子」を見つけた。「白毛ッ子」はもう赤ん坊猿の域を脱して、子供猿になりかけていた。

「あの老ぼれは……」

樵父は憶えていた。「白毛ッ子」の母猿が犬鷲の爪に斃《たお》れた時、母代りに「白毛ッ子」を背に載せて走った老猿に違いなかった。

岩場には七、八頭の子供猿がくんずほぐれつの遊びをしていた。二歳ぐらいの、みんな「白毛ッ子」よりは年長だったが、彼らは利用出来る凡《あら》ゆる物——木の枝や石や葉っぱ——を持って追っかけたり、逃げ回ったり大騒ぎであった。「白毛ッ子」は仲間に入りたがった。ちょこちょこと「老ぼれ」の傍をすり抜けようとするのだが、「老ぼれ」はこっくり、こっくりと居眠りをしながらも「白毛ッ子」から眼を放さなかった。

そこに成長の過程が見られた。赤ん坊猿は母親のものであった。たまたま母を失った「白毛ッ子」の場合は、猿仲間にたまたま見受けられる現象で、「老ぼれ」が里親になっていたが、「老ぼれ」は他の母猿のように「白毛ッ子」のよちよち歩きを不安がってなかなか一人歩きを許さないのだった。

遊びは子供猿やさらに年上の若衆猿にとって生命であり、特権だった。くんずほぐれつの間から若い、幼い猿たちは体力を練り、同時に同じ年ごろのグループの結合と維持とを推進させた。そしてさらにこれは将来、彼らの社会構成に強い息吹《いぶ》きを吹き込むことになるのだ。

この群の王様猿は、あの金色の毛と琥珀の眼を持った巨猿に違いない、と樵父は思った。群の中でも特に豪快で、群を統轄する自信あり気な落着いた態度はたしかに首領の貫禄を備えていて、猿というよりも熊に近かった。樵父は彼を「王様」と呼ぶことにした。「王様」を群の首領とすれば、副首領とも見られる猿に「耳なし」がいた。「耳なし」は「王様」よりも身体が巨《おお》きかった。残忍な性質で、気に入らないと、牡牝の区別なく追い回していたが、決定的な素質において遥かに「王様」に及ばなかった。彼は片耳が根もとから亡《な》くなっていた。その理由は分らないが、恐らく現在の地位と取替えっこしたものに相違なかった。

三番目の幹部猿は「天狗」だった。天狗様のように鼻が大きくて真赤な顔をしているので樵父はそう名附けた。「天狗」はお人よしで色事師だった。彼はいつもニヤニヤしたような態度で後宮《ハレム》の牝猿をからかって歩いた。群が採食したり、休息したりしている時、群の中心部に位置するのは「王様」以下の幹部猿に護られた牝猿と子供猿たちであった。これが彼らのハレムであった。ハレムの周辺に準幹部猿と若衆の環《わ》があった。これはみな牡で、彼らはハレムへの立ち入りを許されなかった。「天狗」はハレムの中をいつもにやけた態度で闊歩《かっぽ》したが、それでも発情期に入った異性に近づくことは「王様」が許さなかった。「天狗」は表面口惜《くや》しさを現わさないで「王様」や「耳なし」がもう相手にしなくなった婚期遅れの牝猿をおこぼれとして戴くことに常に気をつかっていた。四番目が「老ぼれ」だった。昔は彼も上の地位を保っていたに違いなかったが、年齢が幹部猿の最下位に彼を据えてしまっていた。

この四匹の巨猿がこの群を牛耳っていた。群は四頭政治によって旨《うま》く運営されていたのである。

紅葉の名残《なごり》も雪で終止符が打たれた。美しく粧《よそお》った葉は色褪《あ》せてカサカサと鳴り続けていたが、やがてそれもだんだん激しさを加えてくる山風、谷風によってしがみついていた枝から捥《も》ぎとられて舞い散った。雪は加速度的に増《ふ》え、そして根雪《ねゆき》が来た。樵父は山を下った。

春、雪が斑《まだら》になったころ樵父は再びヤケノママに戻った。「白毛ッ子」はもう「老ぼれ」の手から離れて他の子猿と遊び呆《ほう》けていた。子猿グループには大人たちの法律は当てはまらない。彼らだけは大っぴらにハレムを飛び回り、さらに周辺の準幹部や若衆組の地盤で暴れ回った。子猿たちは面白くてたまらないというふうに一日を過ごした。子猿たちは自分らのグループだけでなく、若衆組や準幹部猿、時には幹部猿ともふざけた。あの落着き払っている「王様」さえも長い犬歯を見せて、身構えては飛びかかってくる「白毛ッ子」を相手にからかっていた。

樵父は炭の焼ける間などよく放心したように彼らの遊びを眺めていた。猿たちは樵父は安全な隣人として気を許しているようだった。

だが、よく見ると幹部や準幹部の猿たちは子猿たちと遊ぶことはあっても、彼ら大人同士で遊ぶことはなかった。子供相手の遊びはからかいであった。遊びの消失こそ少年期と成年期の間に明確に引かれた一線であった。

樵父が「白毛ッ子」を知ってから二度目の冬が過ぎ、そして三度目の冬がきた。

「いやまンず、えらく年とった猿、射《ぶ》ってハ……」

南原の猟師がヤケノママで射ち獲ったという猿をぶら下げて大声で挨拶《あいさつ》しながら大平村を通った時、樵父は飛び出して、血に染んだ猿を覗《のぞ》き込んだ。冬山の赤い猿の顔も死んでしまうと蒼白《そうはく》に変っていた。半眼を見開いた獲物は、果して「老ぼれ」だった。

「これ見れ、雪山の猿はこだい皺《ひび》や皸《あかぎれ》が切れてンだ」

猟師は「老ぼれ」を雪の上にどしんと投げ落すと片肢を引っ張って集ってきた村人たちに自慢気に見せた。

「それにこの通り前歯が全部脱けてンだす。ひでえずんゝつぁんゝ(爺さん)猿だ」

彼は「老ぼれ」の口を指でぐいと押し開いて説明した。

「猿も人間と同じもンだなシ」

見物の中から婆さんがこういったので一同わあ……と笑った。が樵父には笑えなかった。彼はそっとその場を外《はず》した。可哀そうな「老ぼれ」！　親なしの「白毛ッ子」を引きとって育てた優しい老ぼれ猿は、彼には身内のような気さえするのだ。

『戸川幸夫動物文学全集４』より　抜粋

解説

戸川幸夫《とがわゆきお》は、椋鳩十《むくはとじゅう》らとともに日本に「動物文学」と呼べるジャンルを確立させた作家です。高校時代を過ごした山形で白猿の話を聞いたことが、この作品を書く契機になったのだと言います。

作者は健康上の理由で高校を中退し、その後東京日日新聞社《とうきょうにちにちしんぶんしゃ》（現在の毎日新聞社）に入社。以降、ジャーナリストとして活躍していました。そんなある時、上野動物園で山形から送られてきたという白猿に対面を果たしたのだそうです。

一九五四年、作者は「高安犬物語《こうやすいぬものがたり》」という作品で直木賞を受賞しました。その後新聞社を辞め、作家としての活動を始めます。それでも白猿のことが気にかかっていたのでしょう。作家になってから、この白猿を捕らえたという人物に会って話を聞きました。それが作中の「樵父」なのですが、実際には市役所に勤める公務員だということです。

続く白猿をめぐる猿たちの群れの物語も、筆者が描き出したフィクションです。しかしこれを書くにあたって作者は、冬の吾妻連峰に登って二十一日間を過ごしました。また京都大学霊長類研究所の研究成果を読み込んだそうです。こうした科学的かつ情熱的な動物観察の視点から、優れた動物文学が生み出されていったのでしょう。

作品の舞台であると共に作者が山ごもりをしたという吾妻山は、福島市西部から山形県米沢市に向かって伸びる連峰です。二〇三五メートルの西吾妻山を最高峰とする二千メートル級の山々が連なっており、冬にはかなりの積雪があります。

山麓には土湯を始めとして多くの温泉が湧き、眺望のよい磐梯吾妻スカイラインが通っていることからも、人気の観光地となっています。

春の吾妻連峰。

戸川幸夫

（とがわ　ゆきお）1912〜2004

佐賀県佐賀市生まれの小説家・児童文学作家。旧制山形高校中退後、東京日日新聞社に入社。動物愛あふれる小説を書き続け、「動物文学」「動物小説」というジャンルを確立させる。1965年、イリオモテヤマネコの頭骨と毛皮を確保し、新種発見に大きく貢献した。

『戸川幸夫 動物文学全集4』
講談社／1976年

磐城七浜

草野心平

突兀《とっこつ》の岬と砂浜と。
岩礁帯と黒松の防風林と。
うねりくねつた海岸線に自然とできた磐城七浜。

パムパムパムパムパムと。
全裸栗光りの漁師たちの。
はげしく盛りあがるかけ声と。

それがいまでは。
コンクリートの防波堤がのび。
白ぬりの大きな船が。
太平洋にのしてゆく。

イワキ　片仮名のするどさと。
いわき　平仮名のなだらかさと。
磐城　その漢字の岩丈さをもった磐城七浜を。
常に新しい太陽はまんべんなく照らす。

『マンモスの牙』より

解説

作者である草野心平《くさのしんぺい》は、一九〇三年に福島県上小川村《かみおがわむら》、現在のいわき市に生まれました。五人兄弟の次男でしたが、家庭の事情によって作者のみ祖父母のもとに預けられて育ちます。十六歳で上京するまで、この磐城の地で暮らしました。

作品のタイトルとなっている磐城七浜は、全長六十キロメートルにも及ぶ海岸線。茨城県境から北の広野町との境まで、南から順に勿来《なこそ》、小名浜《おなはま》、永崎《ながさき》、豊間《とよま》、薄磯《うすいそ》、四倉《よつくら》、久之浜《ひさのはま》と続いています。

作品中「全裸栗光りの漁師」と出てくるように、これらの浜には漁村が広がっていました。かつては捕鯨も盛んだったようで、江戸時代に描かれた「磐城七浜捕鯨絵巻」を見ると、鯨を発見してから捕えて浜に引き上げるまでの様子がよく判ります。また海岸線に沿った丘陵地帯には常磐《じょうばん》炭田が広がり、

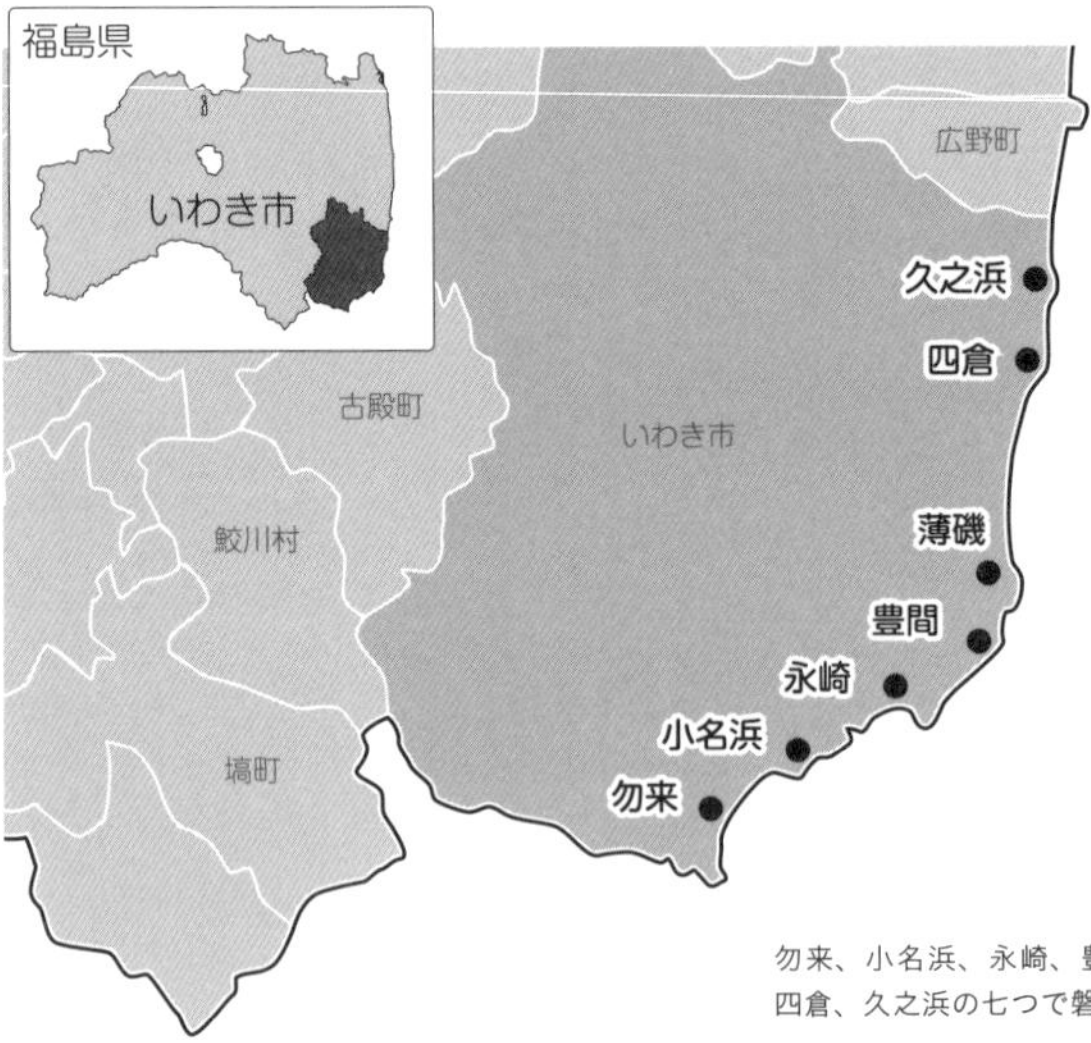

勿来、小名浜、永崎、豊間、薄磯、四倉、久之浜の七つで磐城七浜。

漁業と炭鉱とが主産業となっていました。

この「磐城七浜」は、作者が六十三歳のときの作品です。この時分には常磐炭田は活気を失い、漁村の広がっていた沿岸部も、多くが工場や発電所の建ち並ぶ工業地帯と化していました。「それがいまでは。」というフレーズは、故郷の変貌に対する作者の思いなのでしょう。

しかしそれを否定するわけではなく、「常に新しい太陽はまんべんなく照らす。」と結んでいます。この地域は、二〇一一年の東日本大震災によって大きな被害を受けました。いまこの詩を読むと、それでも新しい太陽は照らすのだよ、と言っているかのように聞こえます。

作者が子供時代を過ごした生家は、現在もいわき市小川町に残されています。またその近くには草野心平記念文学館もあり、自筆原稿を始め様々な作品世界を知ることができるようになっています。

草野心平
（くさの　しんぺい）1903〜1988

福島県いわき市生まれの詩人。慶應義塾普通部を中退し、中国の嶺南大学芸術科に進学。大学時代から詩を書き始める。詩集30冊。1984年文化功労者に選ばれ1987年文化勲章を受章。生涯にわたり、蛙をモチーフにした作品を沢山生み出している。

『マンモスの牙』
思潮社／1966年

温泉

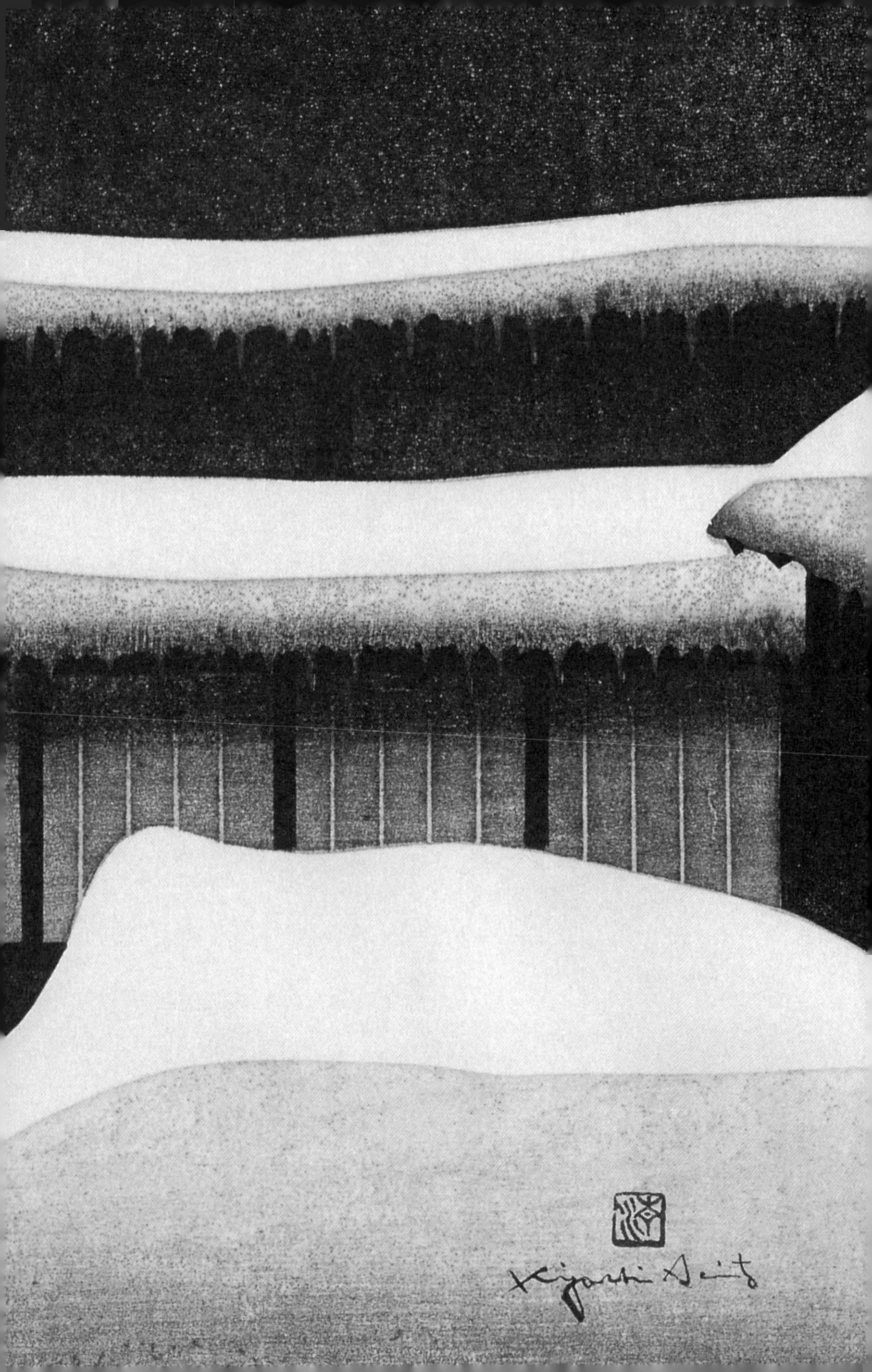
Kiyoshi Saito

会津の温泉

田山花袋

東北《とうほく》の三楽園《さんらくえん》、それは何処《どこ》かと言《い》うと、羽前《うぜん》の上《かみ》の山温泉《やまおんせん》、羽後《うご》の湯《ゆ》の浜温泉《はまおんせん》、それから会津《あいづ》の東山温泉《ひがしやまおんせん》であった。

無論《むろん》、それには、温柔郷《おんじゅうきょう》という意味《いみ》がふくまれてある。賑《にぎ》やかな温泉場《おんせんば》、三味線《さみせん》と鼓《つづみ》との日夜絶《にちやた》えない温泉場《おんせんば》、白粉《おしろい》と臙脂《えんし》との気分《きぶん》の漲《みなぎ》りわたった温泉場《おんせんば》、そういう意味《いみ》である。従《したが》って其処《そこ》では静《しず》かな一夜《いちや》を庶幾《しょき》することは出来《でき》なかった。また落附《おちつ》いて旅《たび》のつかれを医《いや》すことも出来《でき》なかった。その代《かわ》り、そこではいかにも温泉場《おんせんば》らしい温泉場《おんせんば》、女《おんな》と男《おとこ》と戯《たわむ》れ合《あ》った温泉場《おんせんば》を見《み》ることが出来《でき》た。そうした温泉場《おんせんば》にとまって見《み》るのもまた旅《たび》の一興《いっきょう》であろう。

箱根《はこね》、塩原《しおばら》、ああした温泉《おんせん》でもなければ、上方《かみがた》の宝塚《たからづか》、有馬《ありま》あたりの温泉場《おんせんば》とも違《ちが》っている。城《き》の崎《さき》、道後《どうご》、別府《べっぷ》などとも違《ちが》っている。東北地方《とうほくちほう》でなければちょっと見《み》られないような気分《きぶん》である。

其処《そこ》に行《ゆ》くのはわけはなかった。若松《わかまつ》の停車場《ていしゃば》で下《お》りる。そして町《まち》を一《ひと》わたり見物《けんぶつ》する。維新《いしん》の際《さい》、戦乱《せんらん》の巷《ちまた》に化《か》した跡《あと》は、今日《こんにち》でもまだ何処《どこ》かに残《のこ》っていて、町《まち》が何処《どこ》となくさびしく荒《あ》れているような気《き》がする。公園《こうえん》だの、例《れい》の飯盛山《いいもりやま》の白虎隊《びゃっこたい》の墓《はか》などを行《い》って見《み》る。暇《ひま》があったなら会津陶器《あいづとうき》、漆器《しっき》などを見《み》るのも好《よ》かろう。で、車《くるま》なり、自動車《じどうしゃ》なり徒歩《とほ》なりで、市街《まち》を東南《とうなん》に出《で》て、小《ちい》さな谷川《たにがわ》に添《そ》って入《はい》って行《ゆ》く。ちょっと感《かん》じが好《よ》いやろかまえという汚《きたな》い駅場《しゅくば》見《み》たいなものが途中《とちゅう》にある。そこできなこ餅《もち》などを売《う》っている。一里《いちり》ほどでやがてその賑《にぎ》やかな温泉場《おんせんば》へと入《はい》って行《ゆ》く。

渓《たに》に添《そ》って、層《そう》を成《な》して、浴舎《よくしゃ》が並《なら》んでいる。いずれも二階三階《にかいさんがい》である。門並《かどなみ》に小料理屋《こりょうりや》の招牌《かんばん》をかかげた家《いえ》がある。白粉《おしろい》をぬった色《いろ》の白《しろ》い女《おんな》が歩《ある》いていたりする。三味線《さみせん》の音《ね》が頻《しき》りにきこえる。浴客《よくきゃく》は白縮緬《しろちりめん》の帯《おび》などをしめて、だらしない風《ふう》をしてそこらを歩《ある》いている。

渓《たに》は処々《ところどころ》に潺湲《せんえん》とした美《うつく》しい瀬《せ》を開《ひら》いているけれども、それほどすぐれた渓《たに》とも思《おも》われなかった。周囲《しゅうい》をめぐる山《やま》も、そう大《たい》して高《たか》くなく、山《やま》の温泉《おんせん》ではあるけれども、山《やま》の気分《きぶん》は割合《わりあい》に少《すく》なかった。

浴舎《よくしゃ》は大《おお》きいのがあるだけに、何処《どこ》に行《い》っても泊《とま》っても、室《へや》は立派《りっぱ》だし、設備《せつび》も完全《かんぜん》していた。湯《ゆ》も豊富《ほうふ》で、何処《どこ》にもちゃんと立派《りっぱ》な内湯《うちゆ》が構《かま》えられてあった。泉質《せんしつ》は塩類泉《えんるいせん》で、滝《たき》の湯《ゆ》、眼洗湯《めあらいゆ》、狐湯《きつねゆ》の三《みっ》つにわかれている。効能《こうのう》は少《すこ》しはあるが、病《やまい》を養《やしな》うための温泉場《おんせんば》でないことは前《まえ》に既《すで》に言《い》った。

ここでは芸妓《げいしゃ》でも揚《あ》げて、騒《さわ》がなければ面白《おもしろ》くない。酒《さけ》を飲《の》まなければ面白《おもしろ》くない。女《おんな》を相手《あいて》に一夜寝《いちやね》なければ持《も》てないという風《ふう》である。比較《ひかく》してはちょっと変《へん》だが、また風俗《ふうぞく》などは無論違《むろんちが》ってはいるが、出雲《いずも》の美保《みほ》の関《せき》と言《い》ったように平気《へいき》でそうした歓楽《かんらく》を許《ゆる》しているという形《かたち》である。三楽園《さんらくえん》の一《ひと》つと言《い》われるのも尤《もっと》もだと私《わたし》は思《おも》った。

この東山《ひがしやま》のある渓谷《けいこく》と山《やま》を一重隔《ひとえへだ》て、西《にし》に、大《おお》きな一《ひと》つの渓谷《けいこく》が展開《てんかい》されてあるのを見《み》る。そこを流《なが》るる川《かわ》は末《すえ》は大川《おおかわ》と言《い》って、阿賀川《あがのがわ》に合湊《がっそう》するものであるが、そこには、日光《にっこう》、今市《いまいち》の方《ほう》へ出《で》て行《ゆ》く間道《かんどう》が通《つう》じていて、谷《たに》に添《そ》って、温泉《おんせん》の分布《ぶんぷ》が二三《にさん》ある。川《かわ》の西岸《せいがん》にあるのを小谷《おだに》といい、南岸《なんがん》にあるのを芦牧《あしまき》と言《い》っている。共《とも》に街道筋《かいどうすじ》の温泉《おんせん》で他《た》の奇《き》はないが、この谷《たに》をずっと入《はい》って行《い》って、田島《たじま》から弥五島《やごじま》あたりに行《ゆ》くと、段々渓谷《だんだんけいこく》が深《ふか》くなって、雲煙《うんえん》の坌涌《ふんよう》が著《いちじる》しく山《やま》らしくなって来《く》る。そして、その近所《きんじょ》に、塔《とう》の岬《へちり》と言《い》う奇岩《きがん》があった。

これから山王峠《さんおうとうげ》を越《こ》して、下野《しもつけ》の五十里《いかり》まで十一二里《じゅういちにり》、全《まった》く山《やま》の中《なか》である。若松附近《わかまつふきん》では、阪下町《はんげまち》、喜多方町《きたかたまち》など下《お》りて見《み》てちょっと面白《おもしろ》い。喜多方《きたかた》から北《きた》へ四里《より》ほど入《はい》った山《やま》の中《なか》にある熱塩温泉《あつしおおんせん》は、耶摩郡《やまごおり》では殊《こと》にきこえた、浴客《よくきゃく》の多《おお》い温泉《おんせん》であるが、また、北《きた》に高峻《こうしゅん》な飯豊山脈《いいでさんみゃく》を控《ひか》えていかにも深山《しんざん》の中《なか》らしい気分《きぶん》の多《おお》いところであるが、しかし交通《こうつう》が不便《ふべん》で、普通《ふつう》の旅客《りょきゃく》にはちょっと入《はい》って行《ゆ》くに面倒《めんどう》であった。

柳津《やないづ》の虚空蔵《こくうぞう》も、この地方《ちほう》では聞《きこ》えた流行仏《りゅうこうぶつ》であった。汽車《きしゃ》の線《せん》から行《ゆ》くと、幹線《かんせん》から下《お》りて、それから車《くるま》で三四里《さんより》を南《みなみ》に入《はい》らなければならないが、只見川《ただみがわ》の大《おお》きな美《うつく》しい渓谷《けいこく》に路《みち》は添《そ》っているので、車《くるま》で行《い》ってもそう退屈《たいくつ》するようなことはなかった。虚空蔵《こくうぞう》の社堂《しゃどう》は頗《すこぶ》る宏壮《こうそう》で、その舞台《ぶたい》が川《かわ》に臨《のぞ》んでいるさまは、容易《ようい》に他《た》に見《み》ることの出来《でき》ないようなところであった。渓《たに》も堂宇《どうう》の下《した》で深《ふか》い瀞潭《せいたん》を成《な》して流《なが》れて、対岸《たいがん》の山巒《さんらん》の連亙《れんこう》も亦凡《またぼん》ではなかった。前《まえ》には賑《にぎ》やかな町《まち》があって、一種流行仏《いっしゅりゅうこうぶつ》の門前町《もんぜんまち》らしい賑《にぎ》わいをあたりに展《ひろ》げていた。

これから只見川《ただみがわ》の峡谷《きょうこく》に添《そ》った南会津《みなみあいづ》の地方《ちほう》は実《じつ》に広大《こうだい》な区域《くいき》を持《も》っている。多《おお》くは山《やま》また山《やま》で、旅客《りょきゃく》は滅多《めった》に入《はい》って行《ゆ》かなかったような山《やま》の奥《おく》であるが、また、他《た》には見《み》ることの出来《でき》ないほど文化《ぶんか》の到《いた》らない地方《ちほう》であるが、しかもこの沿岸《えんがん》は山水《さんすい》のすぐれたところが多《おお》く、温泉《おんせん》また処々《ところどころ》に湧出《ゆうしゅつ》して、早戸《はやと》、本名《もとな》、大塩《おおしお》等《など》の湯《ゆ》が、全《まった》く田舎《いなか》の温泉場《おんせんば》らしい形《かたち》を以《もっ》て、連珠《れんじゅ》の如《ごと》く、その沿岸《えんがん》につづいていた。維新《いしん》の戦《たたかい》に、越後《えちご》の長岡《ながおか》で破《やぶ》れた会津軍《あいづぐん》の負傷者《ふしょうしゃ》は、皆《みん》な六十里越《ろくじゅうりこえ》、八十里越《はちじゅうりこえ》の嶮路《けんろ》を越《こ》えて、この峡谷《きょうこく》へと落《お》ちて来《き》て、そうした温泉《おんせん》にその金創《きんそう》をいやしたということであった。柳津《やないづ》から只見川《ただみがわ》を溯《さかのぼ》って、南《みなみ》の果《は》ての檜枝《ひのえ》まで里程《りてい》二十五六里《にじゅうごろくり》　此間《このかん》すべて山《やま》に凭《よ》り谷《たに》に架《か》した山村《さんそん》で、全《まった》く世《よ》に知《し》られない山水《さんすい》が処々《ところどころ》に点綴《てんてい》されてあるのであった。檜枝俣《ひのえまた》から上毛《じょうもう》の尾瀬沼《おぜぬま》へ越《こ》えて行《ゆ》く路《みち》は、旅客《りょきゃく》の思《おもい》を誘《さそ》わずには置《お》かないような処《ところ》だ。

『日本温泉めぐり』より

解説

自然主義派として「蒲団」「田舎教師」などの文学作品を残している著者、田山花袋ですが、意外なことにトラベルライターとしても活躍をしていました。この作品の初出は『温泉めぐり』という書物です。

一八七一年、群馬県の館林（当時は栃木県）に生まれた著者は、東京に出て十九歳で尾崎紅葉の門下となります。やがて国木田独歩や島崎藤村とも知り合い、文学作品を発表していきました。結婚を機に大手出版社の博文館《はくぶんかん》に入社。以後、四十歳で退社するまで編集者の傍ら作品を発表していきました。「蒲団」も「田舎教師」も、その時代に書かれたものです。

一方、小説と同時に紀行文も書き綴っていた著者は、博文館勤務時代に、いくつもの旅行書を手掛けています。紀行文の執筆は退職後も続き、一九一八年にはこの「会津の温泉」を収めた『温泉めぐり』が刊行されました。実に五〇〇ページ近い大著で、全国の温泉が、活き活きとした筆で紹介されています。さすがに、温泉に関しては文壇随一と評された田山花袋です。

ここで紹介している東山温泉は、会津若松駅からバスでしばらく行ったところにあります。江戸時代には会津藩の湯治場としても栄えていました。有名な民謡「会津磐梯山」に登場する「小原庄助さん」のモデルには諸説ありますが、「朝寝、朝酒、朝湯が大好きで、それで身上つぶした」のは、この東山温泉が舞台だったとも言われています。

また著者の紹介は温泉のみに留まらず、喜多方や柳津、そして只見川の秘境にまで及んでいます。

現代のように交通が便利ではなく、また、庶民が気軽に旅行に出かけることができなかった時代、これを読むことで旅に出た気分にさせてくれる一冊だったのかもしれません。

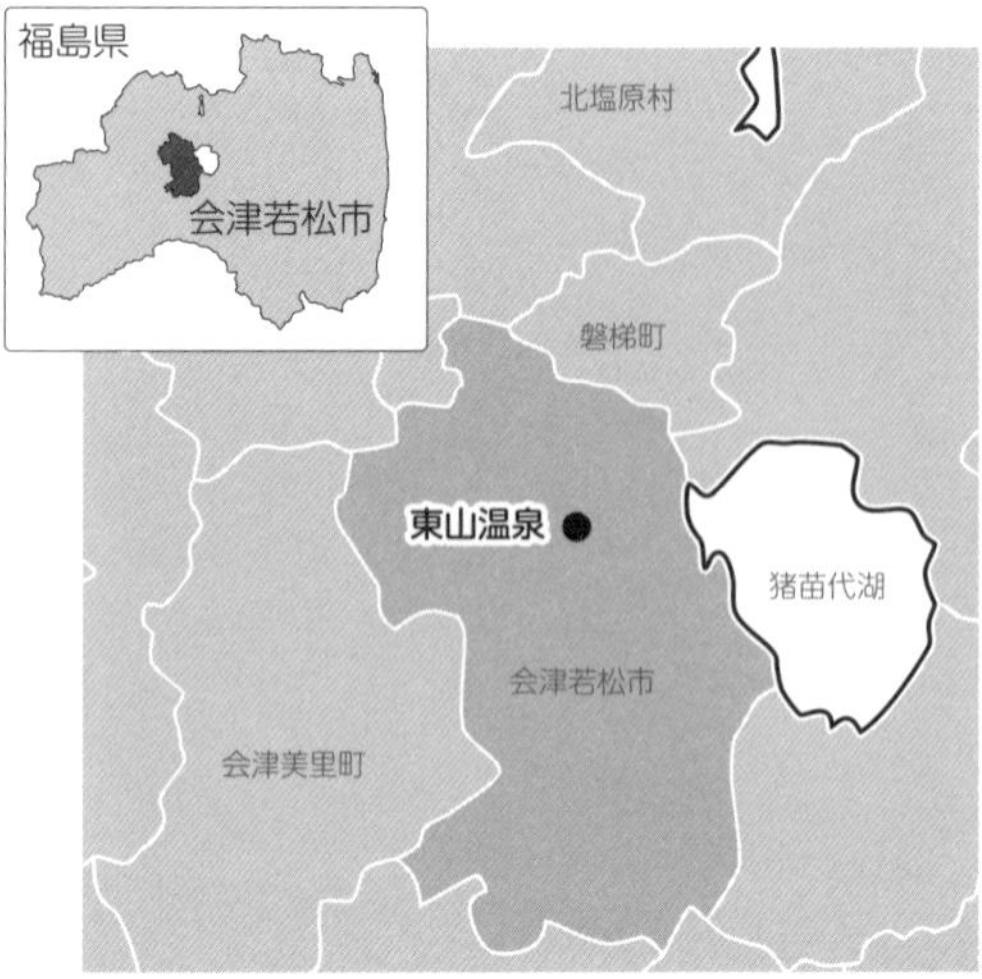

田山花袋

（たやま　かたい）1871〜1930

群馬県館林市生まれの小説家。1891年に尾崎紅葉のもとに入門。甘美な小説や詩を書いた。1896年に国木田独歩、島崎藤村と知り合い、交流を持つ。翌年にはフランス自然主義の影響を強く受け、人間のありのままの姿を描くようになった。

『日本温泉めぐり』
角川春樹事務所／1997年

飯坂ゆき

泉鏡花

「綺麗《きれい》だなあ、此《こ》の花《はな》は？……」

私《わたし》は磨込《みがきこ》んだ式台《しきだい》に立《た》って、番頭《ばんとう》と女中《じょちゅう》を左右《さゆう》にしたまゝ、うっかり訊《き》いた。

「躑躅《つつじ》でございます。」と年配《ねんぱい》の番頭《ばんとう》が言《い》った。

桜《さくら》か、海棠《かいどう》かと思《おも》う、巨《おおき》なつゝじの、燃立《もえた》つようなのを植《うえ》て、十鉢《とはち》ばかりずらりと並《なら》べた――紅《べに》を流《なが》したようなのは、水打《みずう》った石畳《いしだたみ》に其《そ》の影《かげ》が映《うつ》ったのである。

が、待《ま》てよ。……玄関口《げんかんぐち》で、躑躅《つつじ》の鉢植《はちうえ》に吃驚《びっくり》するようでは――此《こ》の柄《がら》だから通《とお》しはしまいが――上壇《じょうだん》の室《ま》で、金屏風《きんびょうぶ》で、牡丹《ぼたん》と成《な》ると、目《め》をまわすに相違《そうい》ない。とすると、先祖《せんぞ》へはともかく、友達《ともだち》の顔《かお》にかゝわる……と膽《たん》を廊下《ろうか》に錬《ね》って行《ゆ》くと、女中《じょちゅう》に案内《あんない》されたのは、此《これ》は又心易《まただこころやす》い。爪尖上《つまさきあが》りの廊下《ろうか》から、階子段《はしごだん》を一度《いちど》トン〳〵と下《お》りて、バタンと扉《とびら》を開《あ》けて入《はい》った。縁側《えんがわ》づきのおつな六畳《ろくじょう》。――床《とこ》わきの袋戸棚《ふくろとだな》に、すぐに箪笥《たんす》を取着《とりつ》けて、衣桁《いこう》が立《た》って、――さしむかいに成《な》るように、長火鉢《ながひばち》が横《よこ》に、谿河《たにがわ》の景色《けしき》を見通《みとお》しに据《す》えてある。

火《ひ》がどッさり。炭《すみ》が安《やす》い。有難《ありがた》い。平泉《ひらいずみ》の昼食《ちゅうじき》でも、昨夜松島《ゆうべまつしま》のホテルでも然《そ》うだった。が、火《ひ》がどッさり。炭《すみ》が安《やす》い。有難《ありがた》い。鉄瓶《てつびん》の湯《ゆ》はたぎる。まだお茶代《ちゃだい》も差上《さしあ》げないのに、相済《あいす》まない、清《きよ》らかな菓子器《かしき》の中《なか》は、ほこりのかゝらぬ蒸菓子《むしがし》であった。

「先《ま》ず一服《いっぷく》。」

流《なが》れの音《おと》が、颯《さっ》と座《ざ》に入《い》って、カカカカカカと朗《ほがらか》に河鹿《かじか》が鳴《な》く。

恰《あたか》も切立《きったて》の崖上《がけうえ》で、縁《えん》の小庭《こにわ》に、飛石三《とびいしみ》つ四《よ》つ。躑躅《つつじ》――驚《おどろ》くな――山吹《やまぶき》などを軽《かる》くあしらった、此《こ》の角座敷《かどざしき》。で、庭《にわ》が尖《とが》って、あとが座敷《ざしき》つゞきに、むこうへすっと拡《ひろ》がった工合《ぐあい》が、友禅切《ゆうぜんぎれ》の衽前《おくみさき》と言《い》う体《てい》がある。縁《えん》の角《かど》の柱《はしら》に、縋《すが》りながら、恁《こ》う一《ひと》つ気取《きど》って立《た》つと、爪尖《つまさき》が、すぐに浴室《よくしつ》の屋根《やね》に届《とど》いて、透間《すきま》は、巌《いわ》も、草《くさ》も、水《みず》の滴《したた》る真暗《まっくら》な崖《がけ》である。危《あぶな》っかしいが、また面白《おもしろ》い。

内《うち》のか、外《よそ》のか、重《かさ》なり畳《たた》んだ棟《むね》がなぞえに、次第低《しだいびく》に、渓流《けいりゅう》の岸《きし》に臨《のぞ》んで、通廊下《かよいろうか》が、屋根《やね》ながら、斜違《はすか》いに緩《ゆる》く上《のぼ》り、又急《またきゅう》に降《お》りる。……

湯《ゆ》の宿《やど》と、湯《ゆ》の宿《やど》で、川底《かわそこ》の巌《いわ》を抉《えぐ》った形《かたち》で、緑青《ろくしょう》に雪《ゆき》を覆輪《ふくりん》した急流《きゅうりゅう》は、颯《さっ》と白雲《はくうん》の空《そら》に浮《う》いて、下屋《げや》づくりの廂《ひさし》に呑《の》まれる。

「いゝ景色《けしき》だ。あれが摺上川《すりかみがわ》だね。」

丸髷《まるまげ》の年増《としま》の女中《じょちゅう》が、

「あら、旦那《だんな》よく御存《ごぞん》じでございますこと。」

「其《そ》のくらいな事《こと》は学校《がっこう》で覚《おぼ》えたよ。」

「感心《かんしん》、道理《どうり》で落第《らくだい》も遊《あそ》ばさないで。」

「お手柔《てやわら》かに願《ねが》います。」

旅費《りょひ》が少《すくな》いから、旦那《だんな》は脇息《きょうそく》とある処《ところ》を、兄哥《あにい》に成《な》って、猫板《ねこいた》に頬杖《ほおづえ》つくと、又嬉《またうれ》しいのは、摺上川《すりかみがわ》を隔《へだ》てた向《むこ》う土手《どて》湯《ゆ》の原街道《はらかいどう》を、山《やま》の根《ね》について往来《ゆきき》する人通《ひとどお》りが、衣《き》ものの色《いろ》、姿容《なりかたち》は、はっきりして、顔《かお》の朧気《おぼろげ》な程度《ていど》でよく見《み》える。旅商人《たびあきゅうど》も行《ゆ》けば、蝙蝠傘張替直《こうもりがさはりかえなお》しも通《とお》る。洋装《ようそう》した坊《ぼっ》ちゃんの手《て》を曳《ひ》いて、麦藁帽《むぎわらぼう》が山腹《さんぷく》の草《くさ》を縫《ぬ》って上《のぼ》ると、白《しろ》い洋傘《パラソル》の婦人《ふじん》が続《つづ》く。

浴室《よくしつ》の窓《まど》からも此《これ》が見《み》えて、薄《うつす》りと湯気《ゆげ》を透《すか》すと、ほかの土地《とち》には余《あま》りあるまい、海市《かいし》に対《たい》する、山谷《さんこく》の蜃気楼《しんきろう》と言《い》った風情《ふぜい》がある。

温泉《いでゆ》は、やがて一浴《いちよく》した。純白《じゅんぱく》な石《いし》を畳《たた》んで、色紙形《しきしがた》に大《おお》く湛《たた》えて、幽《かす》かに青味《あおみ》を帯《お》びたのが、入《はい》ると、颯《さっ》と吹溢《ふきこぼ》れて玉《たま》を散《ち》らして潔《いさぎよ》い。清々《すがすが》しいのは、かけ湯《ゆ》の樋《ひ》の口《くち》をちら〳〵と、こぼれ出《で》て、山《やま》の香《か》の芬《ぷん》と薫《かお》る、檜《ひのき》、槇《まき》など新緑《しんりょく》の木《き》の芽《め》である。松葉《まつば》もすら〳〵と交《まじ》って、浴槽《よくそう》に浮《う》いて、潜《くぐ》って、湯《ゆ》の揺《ゆ》るゝがまゝに舞《ま》う。腕《うで》へ来《く》る、乳《ちち》へ来《く》る。払《はら》えば馳《はし》って、又《また》スッと寄《よ》る。あゝ、女《おんな》の雪《ゆき》の二《に》の腕《うで》だと、松葉《まつば》が命《いのち》の黥《いれずみ》をしよう、指《ゆび》には青《あお》い玉《たま》と成《な》ろう。私《わたし》は酒《さけ》を思《おも》って、たゞ杉《すぎ》の葉《は》の刺青《ほりもの》した。

……此《こ》の心持《こころもち》で晩景一酌《ばんけいいっしゃく》。

向《むこ》うの山《やま》に灯《ひ》が見《み》えて、暮《く》れせまる谿河《たにがわ》に、なきしきる河鹿《かじか》の声《こえ》。——一匹《いっぴき》らしいが、山《やま》を貫《つらぬ》き、屋《おく》を衝《つ》いて、谺《こだま》に響《ひび》くばかりである。嘗《かつ》て、卯《う》の花《はな》の瀬《せ》を流《なが》す時《とき》、箱根《はこね》で思《おも》うまゝ、此《こ》の声《こえ》を聞《き》いた。が、趣《おもむき》が違《ちが》う。彼処《かしこ》のは、横《よこ》に靡《なび》いて婉転《えんてん》として流《ながれ》を操《あやつ》り、此処《ここ》のは、縦《たて》に通《とお》って喨喨《りょうりょう》として滝《たき》を調《しら》ぶる。

すぽい〳〵、すぽい〳〵と、寂《さび》しく然《しか》も高《たか》らかに、向《むこ》う斜《ななめ》に遥《はるか》ながら、望《のぞ》めば眉《まゆ》にせまる、満山《まんざん》は靄《もや》にして、其処《そこ》ばかり樹立《こだち》の房《ふっさ》りと黒髪《くろかみ》を乱《みだ》せる如《ごと》き、湯《ゆ》の原《はら》あたり山《やま》の端《は》に、すぽいく、すぽいくと唯一羽鳥《ただいちわとり》が鳴《な》いた。――世《よ》の中《なか》のうろたえものは、仏法僧《ぶっぽうそう》、慈悲心鳥《じひしんちょう》とも言《い》うであろう。松《まつ》の尾《お》の峰《みね》、黒髪山《くろかみやま》は、われ知《し》らず、この飯坂《いいざか》に何《なん》の鳥《とり》ぞ。

「すぽい鳥《どり》ですよ。」

と女中《じょちゅう》は言《い》った。

星《ほし》が見《み》えつゝ、声《こえ》が白《しろ》い。

いま、河鹿《かじか》の流《なが》れに、たてがみを振向《ふりむ》けながら、柴積《しばつ》んだ馬《うま》が馬士《うまかた》とともに、ぼっと霞《かす》んで消《き》えたと思《おも》うと、其《そ》のうしろから一《ひと》つ提灯《ちょうちん》。……鄙唄《ひなうた》を、いゝ声《こえ》で――

『鏡花全集 巻二十七 小品』より　抜粋

解説

著者である泉鏡花《いずみきょうか》は、一八七三年石川県の金沢市に生まれました。二歳違いの田山花袋同様に上京し、尾崎紅葉に師事。新聞や文芸雑誌に小説を書き、やがて一九〇〇年に「高野聖《こうやひじり》」を発表。後に「幻想文学」と呼ばれるジャンルの先駆者となります。

「飯坂《いいざか》ゆき」は、一九二一年に発表。その年の五月、著者は飯坂温泉を訪れており、そのときの様子が記されています。飯坂温泉は福島市飯坂町にある古くからの温泉で、伝説ではヤマトタケルも訪れたということになっています。平安時代末期に生まれた西行法師も訪れており、下って江戸時代には奥の細道をいく松尾芭蕉も滞在しました。

飯坂温泉では、昔ながらの共同浴場が多く見られるのも特徴です。中でも飯坂温泉の古名でもある「鯖湖湯《さばこゆ》」は日本最古の木造建築共同浴場として

泉鏡花

（いずみ　きょうか）1873～1939

石川県金沢市生まれの小説家。1890年に小説家を志し上京。翌年尾崎紅葉の門下生となり、修業を重ねた。1900年「高野聖」を発表。特有のロマンティシズムが評価を受け、人気作家になる。近代幻想文学の先駆者。

『鏡花全集 巻二十七 小品』
岩波書店／1942年

親しまれていましたが、一九九三年にその建物を復元する形で改築されました。

　飯坂温泉に向かうためには、現在では福島駅から福島交通飯坂線の電車に乗り換えれば、二十分少々で到着します。ただ、この鉄道が開通したのは、著者の訪れた三年後。この時は、飯坂温泉手前の湯野まで、小さな軽便鉄道が通っているだけでした。そのためか著者は、飯坂温泉の玄関口である東北本線伊達駅から人力車に乗っています。

「飯坂ゆき」を書いた翌年、著者は小説「黒髪」を発表しました。その主人公である三葉子の少女時代は、飯坂温泉を舞台に描かれています。飯坂温泉での滞在が、創作のヒントになったのでしょう。なお、この「黒髪」は連載途中で掲載誌が変更となり、「龍胆《りんどう》と撫子《なでしこ》」と改題されて完成しています。

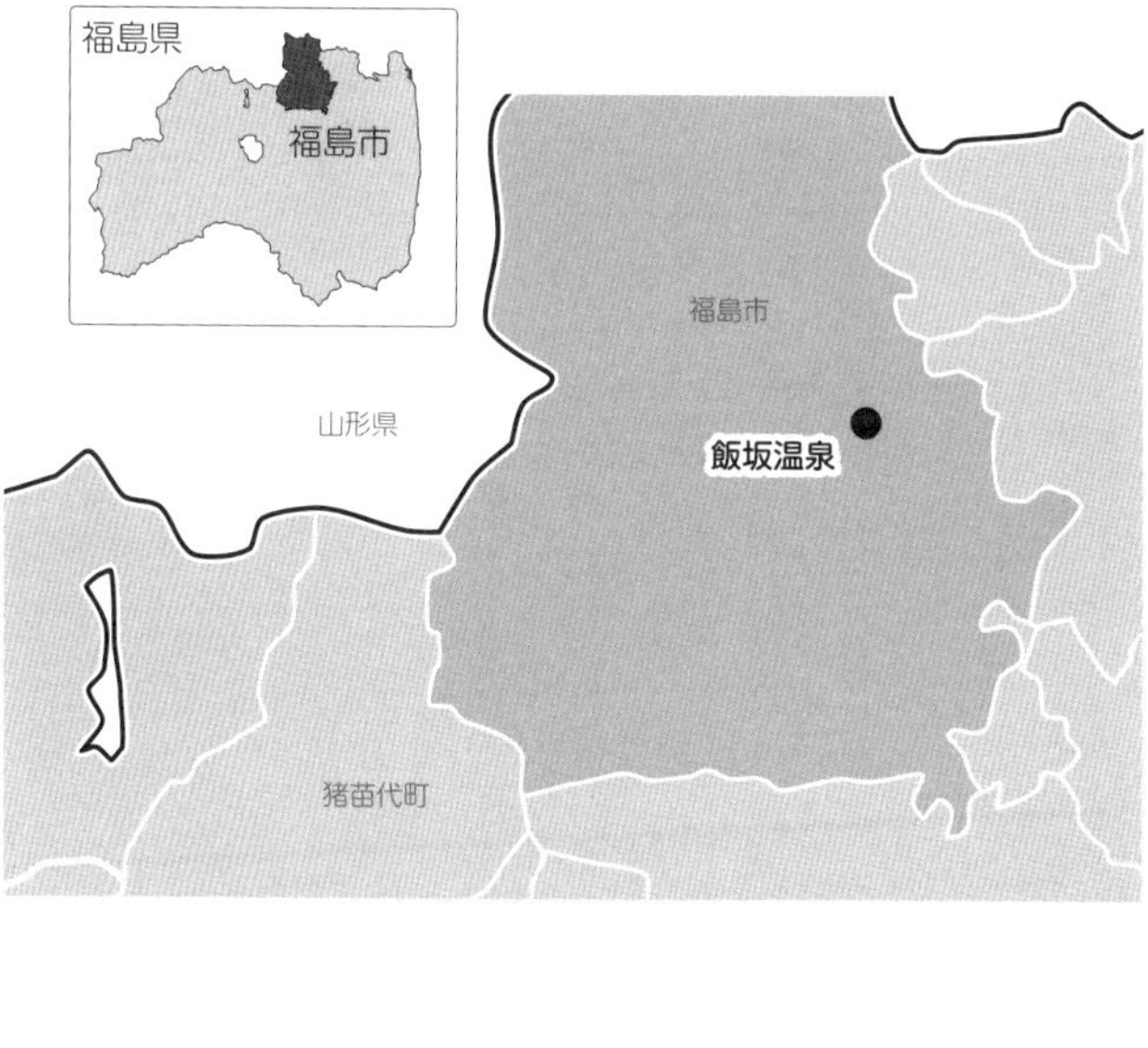

二岐渓谷

つげ義春

今年の秋のおわりに　季節はずれの台風に見舞われ慌てさせられたが　そのとき　ぼくは会津の山奥にいたので　今度の台風の威力が　実際にはどの程度のものであるのか見当がつかないでいた
山の中で遭遇する台風は　いっそうの凄味があるので　これは各地で相当の被害が出るだろうと思っていたのだが　下山後のニュースでは　さほどではなかったらしい
会津の山奥でも被害らしい被害はなかった
猿が一ぴき死んだだけだった

紅葉をながめながら
旅行をするのも悪くない
と思い　一週間の予定で
東北地方を大ざっぱに一周した
のだが　紅葉のシーズンは
過ぎていた
D30243

福島県あたりなら
まださかりだろうと思い
会津線の湯野上から
鶴沼川を遡り
さらに支流の
二岐渓谷沿いを
テクテク登って
いたら　ここも
落葉が始まっていた
寒い地方の紅葉は一気に染まり　瞬時に落葉すると
聞いていたが　それは、まさに土砂降りといった感じで
そういう光景を初めて見ると　何か異変の起こる
前兆ではないかしらと思ったりして
かえって不気味にさえなる
けれど　それは接近して
いる台風とはなんの
関係もない

二岐渓谷の上流には鄙びた湯治場があり五軒の宿屋が崖にしがみつくように点在している
ほかに自炊客相手の小さな食品店があるだけの　たったそれだけの寂しいところである
品店
小豆
どん玉
個百円
このあたりで一番貧しそうな宿はどこですかね
そうですの渓底の爺さん婆さんの小屋ですろ……
あんた自炊客かね
いやちがいますけど……

このバナナを…
昼めしを食べ
そこなったので
腹がペコペコ
です
なるほど
貧しそうだな
ぼくの好みに
ぴったりだ
トントン
ギコギコ

この辺はバカに犬の多いところですね
そうかの
そういわれてみれば多い気もするねなぜだろう
この辺は猫を飼わないで犬を飼っているから犬が多いのです
の小屋命名の由来
マタタビがたくさんなっているので猫がうれしがっちゃってだめなんですよ
やあこれはナメコですね
すごいなァ
うちで栽培しているのです
するとこれはイヤというほど食べられるわけですね

ほかにモミジの精進あげ　ワラビの漬け物　マタタビの甘露煮なんかもあります
栗ゴハンもたいて上げます
ゴクリ
二食で六百円
泊めて下さい！
ハイッ
爺さん婆さんは宿を閉じて　山を下りる仕たくをしていた　このあたりは一年の半分近くを雪にとざされるので　紅葉を過ぎると客はパッタリ来なくなってしまうのだ
爺さんは「ここに宿を開業したのは失敗だった」ともらしていた　つとめていた役場の退職金で　ささやかな小屋を建てたのだが　夏期だけの客相手では　経営がおぼつかないと言うのだ
それで冬の間は里の息子のところに戻り　雪がとけ始めると　また出張して来るのだそうだ

この犬の名前はなんというのかね
コースケ
いい名前だ それではきみの名前は何というのかね
マゴ！
きみマゴというのは孫のことじゃないか
あんちゃんこれ何だろ
その中に何が入っているのだろ
い……い……や
ぼくは渓を散歩して来るからついて来てはいけないよ
危険だからね
ザザーッ

二岐渓谷は一見「いるぞいるぞ」と釣人を喜ばせそうな様相の川だがイワナ以外の魚は一ぴきもいない
ぼくは イワナは川魚の王様だと思っている
淡水魚としては最も標高の高い渓流に棲んでいるからだ
モグモグ
ということは その辺りにざらにいる魚ではないのだ
ごつい顔つきはケンカに強そうだし蛇なんかパクリとやられてしまうだろう
魚の格付けを釣り方のむずかしさで決めるならまさにNo.1だろう
イワナの大物を釣り上げると だれでも心臓は脳天にとび上がり目がくらくらするそうだ
バシャッ
ズキーン
イワナだ!
イワナだ!
おじさん竿を貸して下さい
あんたのその顔色ではイワナを見て来たね

そうです落着かないで下さい　ぼくは興奮しているのですから
けどねいまはかからないよ産卵期だからの
それではタマ網を貸して下さい
産卵期は禁漁期だよ
残念だなァ
おや？
バナナが無い！
バナナが無い！
不思議だなあ？
だれもいなかったはずなのに
ジロッ
いや彼女にはアリバイがあった……
お客さん風呂に入って来なせ
夕飯ができますですヨ

おや？先客がいるぞ
大きな野天風呂ですね
おや？
この虫は何だろういっぱい浮いているぞ
もしもし気持ちの悪い虫ですね
もし…？
ギョ！

猿だ！
猿だア
驚くじゃありませんか
また出ましたか
なぜ教えてくれなかったのです
もう現れないかと思いましたがの……
実は三日前にも現れましての私は手ぬぐいを一本奪われました
手ぬぐいを？
その時奴は岩かげにいたので私は気がつかないでいたのです
ふと！手ぬぐいをツンツンと引っぱられたのです
私はオヤオヤと思い
引きもどすと
またツンツンと来たのです

だれだね いたずら するのは
というと グイッと やられた のです
野生の ケモノは めったに 人前に現れ ないもの ですが ……
病気やケガを すると 温泉を求めて やって来る のです
そういえば 左肩のところに大きな 傷がありました
そこに ウジ虫の ような ものが いっぱい つまって いました
二度も現れ たのは相当 弱っている からで しょう
ところで 野生の猿の 食性は本能に よるもので しょうか
と いいます と?
猿の食用品目 はかなりの 数があると 思いますが それは 生得的に 決まっている ものか どうか
さあ? どうですかね …… 私は習得的 なものだと 思います がね
だとすると 初めて 見るもの にも 手を出して みる好奇心は もっている わけですね
初めての ものと いうと ?
たと えば ……
バナナの ような もの……

ゴーーッ
ザーーッ
台風は
夜になって
からやって
来た
大袈裟な
勢いで
やって来た
清冽な流れは
たちまち
濁水の渦巻く
激流と化し
上流から押し流される
小石は　空を飛ぶすさ
まじさだ

コースケ コースケ
こらッ どうしたのだ
どうかしたのですか
何かいるのだな
パッ

アッ
猿だッ
ギギアー
逃げおくれたのだな
ケガをしているので敏捷性を欠いているのですね
あの流木は岩にひっかかっているがそのうち濁流に押し流されるでしょう
助かる見込みはないでしょうか
まず絶望です

台風は
一晩中吹き
荒れた……
猿の泣き声に
耳をかたむけ
てみたが
窓を打つ雨脚の
激しさに
ほとんど聞きとる
ことができ
なかった
翌日　山の容相は
一変していた
紅葉はいっきに
吹きとばされ
丸坊主にされた
灰色の山やまは寒ざむと
肩をすくめ合うように
急にだらしなく見えた

濁流は昨夜より
さらに水かさが
増し
野猿の入った湯も
土砂にうもれて
しまっていた
それを掘りおこし
手入れをするには
爺さん婆さんの力では
容易なことでは
ないだろう
骨の折る仕事を一つ
残して爺さん婆さんは
明日山を下りる
そうだ
ぼくは
今年最後の客と
いうことになるのだが
来年は最初の客に
なってみたいものだ
……そう思いながら
山を下りた

『つげ義春の温泉』より（初出一九六八年『ガロ』）

解説

作者つげ義春《よしはる》は、学生運動の華やかなりし頃、雑誌『ガロ』の中で独特な雰囲気の漫画を書き、やがて熱狂的な支持を得るようになった漫画家です。『ガロ』に描き始めた一九六〇年代半ば、作者は旅に惹かれ、ひなびた湯治場などを好んで回るようになりました。二岐温泉《ふたまたおんせん》を訪れたのは一九六七年のこと。同じ年に房総や伊豆なども回っています。そして翌年この「二岐渓谷」を発表しました。

さらにその二年後には、旅の体験をベースにシュールな展開を見せる『ねじ式』を発表。芸術的な漫画として大いに話題をさらい、作者の代表的作品として語られるようになっています。

さて、二岐温泉があるのは、岩瀬郡天栄村《いわせぐんてんえいむら》です。猪苗代湖から郡山市を一つ挟んだ南側にあります。温泉は村の西端にあるため、作者のように会津線（現在の会津鉄道）の湯野上駅《ゆのかみ》（現在の湯野上温泉駅）から歩いていくこともできるのでしょう。確かに会津にも近いのですが、現在では東側の東北新幹線新白河駅からバスを使うほうが一般的なアクセスとなっています。

こうした山深い温泉を指し「秘湯」と呼ぶことがありますが、二岐温泉は秘湯中の秘湯とも評されます。秘湯という言葉が造り出されたのは一九七〇年代のこと。そのころ「日本秘湯を守る会」が結成され、二岐温泉は最初に選ばれた秘湯の一つでした。

高度経済成長を経て、賑やかになりすぎた大手の温泉施設ではなく、ひなびた温泉に魅力を感じる人が増えてきていたのでしょう。作者はそうした秘湯を愛好する、先駆的な存在だったのかもしれません。

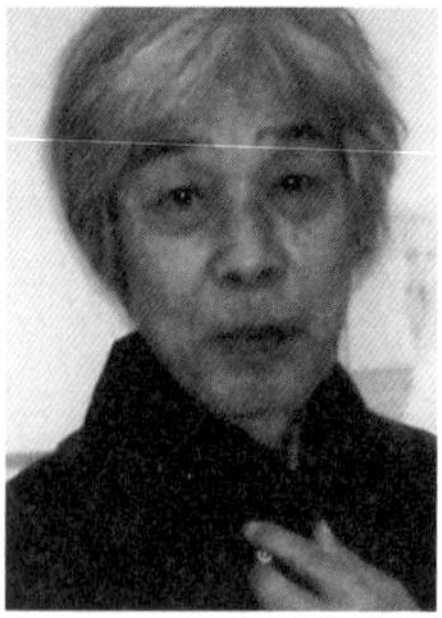

つげ義春

（つげ　よしはる）1937～

東京都生まれの漫画家。小学校の頃から、絵を描いて遊ぶようになる。1954年、雑誌『痛快ブック』の「犯人は誰だ!!」「きそうてんがい」で漫画家デビュー。60年代には『ねじ式』などを発表し、熱狂的なファンを獲得。他に「旅もの」「温泉もの」と呼ばれる作品も描いている。

『つげ義春の温泉』
カタログハウス／2003年

猫と泉の遠景

舟橋聖一

磐城石川に着いたのは、夕ぐれ方だった。駅前から猫啼《ねこなき》までは、駅前のタクシーに乗った。徒歩でも七分位というので、車では乗るとすぐ降ろされた。

井筒屋へ入る橋の手前に、猫啼井戸があるというので、夕方とは云っても、まだ明るかったから、宿へ着く前に、さっそく井戸を見た。何ンの変哲もない井戸だった。

曲木《まがき》の小和清水《こわしみず》で生れた和泉式部は、早く父母に別れて、母の妹の叔母と叔父に育てられた。十三の頃、この叔父に手籠めにされて、肌をゆるした。然し、叔母の嫉妬を買い、曲木から今猫啼のある附近へ追いやられた。式部は日頃愛していた仔猫をつれて、しばらく、叔父とも別れていた。叔父が恋しくて、夜通し泣き濡れていたこともある。或る日、気がつくと、猫がいない。式部はあわてて猫をさがしにこの街道をさまよい歩いた。猫の名は、そめ

と云った。式部は、

「そめ、そめ――」

と呼びながら、ふと、路傍の井戸に近寄ると、微かに猫の啼声がする。おどろいて井筒を覗くと、耳の下を咬み破られて血だらけになったそめが、井戸から湧きこぼれる水で、傷口を洗っているのが、目にとまった。

「ああ、そめがいた――」

和泉式部は歓喜して、仔猫を抱き上げた。まだ血のにじむ傷口は恐ろしげに裂けていた。

「痛いのかえ、そめ……私が悪かった。そめのことを忘れて、泣いてばかりいるうちに、そめは野良犬に狙われたのだろう」

そめはやっと啼きやんだ。翌日も、またその翌日も、式部はそめをかかえて、その井戸に通った。根気よく、毎日毎日、傷口を洗ってやるうちに、死にそうにまで衰えた仔猫が、元通りすっかり元気になった。それで近所の人達が、

「この井戸には、霊験があるだっぺ」

と云い出した。

それが猫啼温泉の伝説だと、維子《つなこ》はその井戸のある家の亭主に聞かされた。十三歳まで、小和清水《こわしみず》で何不自由なく育ったという和泉式部にも、叔父の恋慕、叔母の嫉妬という最初の御難がふりかかり、一匹の愛猫と共に、この附近に身を忍ばせていたとすれば、その後京へ上り、堂上に仕え、男から男へと移り歩いて、多情な女歌人と謳われた数奇の運命が、まだ女の春を知るや知らずのこの時代から、とうに予感されていたとも云える。いや、その好色な叔父によって知らされた男の味が、生涯式部の心を離れなかったのではないか。何かにつけて、陸奥《みちのく》を思い、小和清水の泉のほとりを思い、傷いた愛猫そめを思わずにはいられなかったのではないか。

井筒屋の離れは、去年改築して、昔の面影をとどめていないと云う。伊勢子の死んだ座敷は、もう一段下の地面で、今の離れは、田舎大工の手に成ったとは云え、数寄屋風に出来ている。維子は旅装をといて、やっとくつろいだ。

腹がへっているので、宿の夕食はうまかった。麦酒を抜いてもらった。忽ち一本、あけてしまう。食後、温泉へ入り、いざ寝る頃になってから、

「電報が参りました」

と云って、女中が持って来たのに、
○タケヤクンニアイスベテキイタ○ナルベクハヤクカエレ○タンキオコスナ○シュウキチ
とある。やっぱりそうだったのだ。維子はそれを読むうちに、感情の波がおこってきて、背中を揉むほど涙がふり落ちた。こんなことなら明るいうちに、曲木まで行ってくればよかったと思った。

今の電報によると、小塚猛弥は洗いざらい、父に喋べったのだろう。父は泉中のことを知って、激怒したが、そのために、維子を伊勢子の二の舞に追いやることは、自分の破滅だと思ったに違いない。タンキオコスナとは、その戒めである。折も折、伊勢子の死んだ猫啼へ行っているのだから。父の心配がよくわかった。誰にもまして、父は自分を心配してくれている。

然し、いくら父に怒られても、彼女は泉中と別れられるとは思わなかった。維子にとって、泉中はもう老人で、昔の人の恋人ではある。自分の相手とは思われないが、然し二人があっさり手の切れる限界はすぎていた。自分はもう伊勢子と同じである。伊勢子が彼の悪魔的な吸盤に吸いこまれて、命まで溶かされたと同様に、維子も手足を吸い立てられ、もはや逃げるに逃げられない。ミイラ取りが、ミイラになるとはこのことだと、自嘲した。白い便箋に、

◯デンミタ◯タンキハオコサヌ◯イズレカエッテソウダンスル◯アンシンアレ◯ツナコ

と書いて見た。そして破った。父は父で、悩むほかはない。いくら悩んでも、泉中に文句をつけに行く勇気はあるまいと思った。ふと、どこかで、

ニャーン、ニャーン

と、猫の啼声がした。その声は「つウちゃん」と呼ぶ人の声にも似て聞えた。維子は立上って、布団を出た。縁側の硝子戸をあけ、チョチョチョチョチョと舌を鳴らして、猫を呼んだ。座敷で聴くと、庭に聞えるが、縁側に立つと、浴場のほうに聞える。和泉式部の愛した猫は、黒猫とも白猫とも、書いてないが、日毎夜毎の温泉の湯で、仔猫の傷を医やすうち、式部もそめと一緒に、その湯を浴びたのではないか。十三歳の、女になったばかりの式部の肌は、どんなに滑らかで美しかったろう。裸になった式部は、こんこんと湧き立つ温泉の流れに、身体を膝までしずめて、仔猫をその丸い腿の上におき、傷口を新しい湯が洗い去ってゆくよ

うに工夫したのではないか。

維子の眼には浴みする式部の肌が見えて来た。と同時に、それは矢祭温泉で見た伊勢子の白い身体でもある。どっちがどっちともつかなくなった。

いつか維子は長い廊下を降りて、猫の声のする浴場の入口にいた。男湯と女湯がわかれている。灯りのついているのは男湯だけだった。さっきの女中が、女湯は九時でしまうから、それからは男湯へ入ってくれと云っていたのを思い出した。

ところが、その暗い女湯で、湯を浴びる音がする。維子はオヤッと思った。誰かいるのかしら……

ザーッ、ザーッと音がつづいた。

「誰か暗い中で、浴びている」

そう思って躊らった。が、女同士ならかまうまいと、維子は宿の浴衣をぬいだ。裸のまんま、髪へナイロン・ターバンを巻きつけていると、脱衣場との境のダイヤ硝子に、向うから裸の女が歩いてきて、それがまざまざとシルエットになった。一瞬その女が、右手の肱に、まっ黒な仔猫を抱いているように見えた。伊勢子の声にそっくりで、

「つウちゃん——」

と、声がしたような気もした。つウちゃん、つウちゃんもとうとう、ここへやって来たのね。あの男から逃げるつもりで……維子はフラフラとした。裸で倒れては大変と足をふんまえた。影絵の女は、ダイヤ硝子のすぐそばまで来て、その扉をあけようとはしないのである。

維子は勇気をふるって、扉の引戸に手をかけた。スルスルと楽に開いたと思った刹那、女の手にある黒猫が、その隙間から、脱衣場のほうへ飛込んで来た。維子は思わずキャッと叫んだ。猫の爪が、維子の肩を渡る拍子に、傷けていった。

女のシルエットはどうしたのだろう。浴場には、誰もいなかった。猫だけが走り出たのであった。猫は笊をおく棚の下にもぐりこんで、維子をにらんだ。目ばかり光っている。

「痛いじゃないか。そめ」

そめというのかどうかは知らぬ。が、さっき聞いたばかりの伝説の猫はそめと呼ばれていた。

ニャーン、ニャーンと、また啼いている。

「おいで、ここへ——」

維子が舌で呼ぶと、いままで敵意を見せた猫は、ソロリソロリと、近寄って来た。維子がしゃがんで、両手を出すと、猫は再び敵意を示し、尻っぽを逆立てる。

「そめ、そめ」

と呼ぶと、また近寄ってきた。

「こっちへおいで……サアもう一度、一緒に温泉へ入りましょう」

さっきの恐怖が消えてゆき、ビールの酔の手伝う維子は仔猫と遊ぶ気だった。猫もやっと気を許すらしく、維子の手の中へ、スルスルと乗ってきて、すぐ一声、鼻を鳴らした。それがまた、

「つウちゃん」

と聞えた。そのまま、維子は湯壺のほうへ歩いた。

温泉はチョロチョロだが、まだ湧いていた。

維子が抱いてはいると、仔猫はおとなしく一緒に入った。誰かが、始終入れてやるのか、馴れたものだった。誰だろう。伊勢子の化身が入れるのではないか。今のシルエットの女に化身した伊勢子の魂が――。

どこにも傷のない、艶のいい黒猫は、人の心に沁み入るような瞳をして、ときどき、天井

を仰いだりした。

「そめ。この宿の中で、そめだけが知ってるんじゃないの……伊勢叔母さまの死を……死の真相を」

維子はそんな思いで、そめを愛撫した。

『ある女の遠景』より　抜粋

解説

この作品の舞台となっているのは、「猫啼温泉」という一風変わった名前の温泉です。石川郡石川町にあり、鉄道で行く場合には、主人公がそうしたように水郡線《すいぐんせん》の磐城石川駅を利用します。

作品の中でも紹介されていますが、この温泉には和泉式部にまつわる伝説がありました。和泉式部は平安中期の歌人であり、小倉百人一首にもその歌が収められています。恋多き女性として知られ、多くの男性と浮き名を流したとされています。

ただ、幼少期を福島で過ごしたという歴史的事実はありません。しかしこの他にも和泉式部の出生地や没地であるといった伝説は、全国各地で語られています。これは、中世の時代に和泉式部の物語を語って歩く女性宗教者がいたためではないかと考えられています。

さて、この小説の主人公は維子。その叔母が伊勢子で、維子のあこがれの存在でもありました。伊勢子は泉中紋哉《いずみなかもんや》という男性と恋仲にありましたが、その泉中は別の女性と結婚してしまい、伊勢子は自殺を図ります。大人になった維子は叔母の仇を討ちたいと泉中に近づきますが、逆に泉中を愛してしまい……という展開で話が進んでいきます。

話の途中には和泉式部の伝説が絡んできますが、これは伊勢子が『和泉式部日記』を愛読していたため。維子もまたその影響を受けて愛読しており、それゆえに猫啼温泉を訪れたのでした。和泉式部を絡めることによって、読者は主人公の激しい情念をより一層感じ取ることができるとも言えましょう。

作者である船橋聖一は、一九〇四年の東京生まれ。明治大学教授として教鞭を取りながら数々の作品を発表していきました。日本文芸家協会の理事長や芥川賞の選考委員、文部省の国語審議委員といった役も務めています。井伊直弼を主人公にした『花の生涯』や『新・忠臣蔵』は、NHK大河ドラマの原作にもなりました。

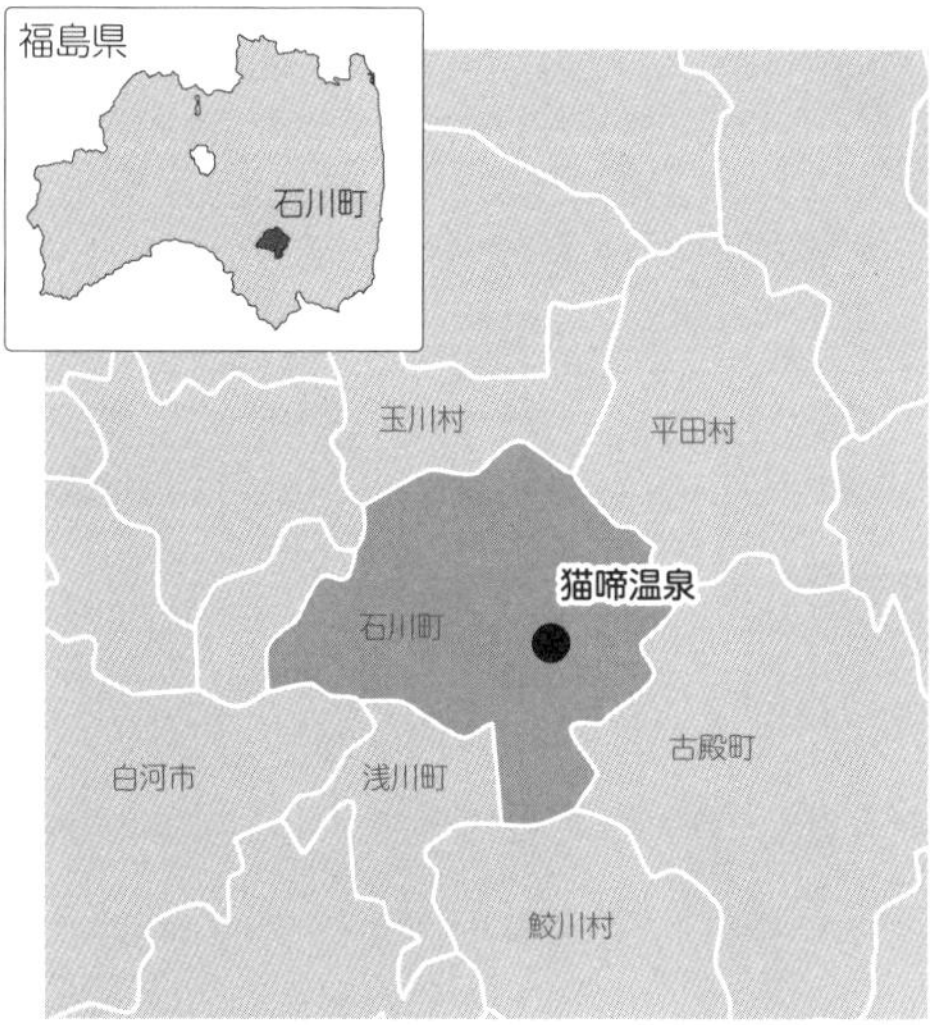

舟橋聖一

（ふなはし　せいいち）1904～1976

東京生まれの小説家・劇作家。東京大学文学部卒業。1926年『新潮』に戯曲「白い腕」を発表しデビュー。1933年には、「ダイヴィング」を発表して注目をあび、その後「悉皆屋康吉」で小説家としての地位を不動のものとした。幼い頃から相撲が好きで、横綱審査委員長を務めた。

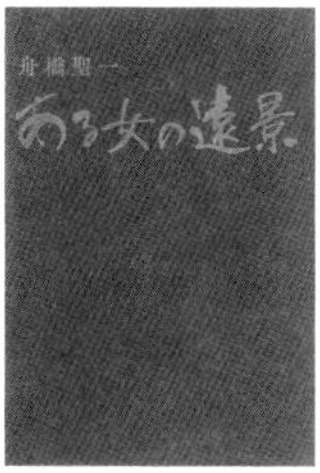

『ある女の遠景』
講談社／1963年

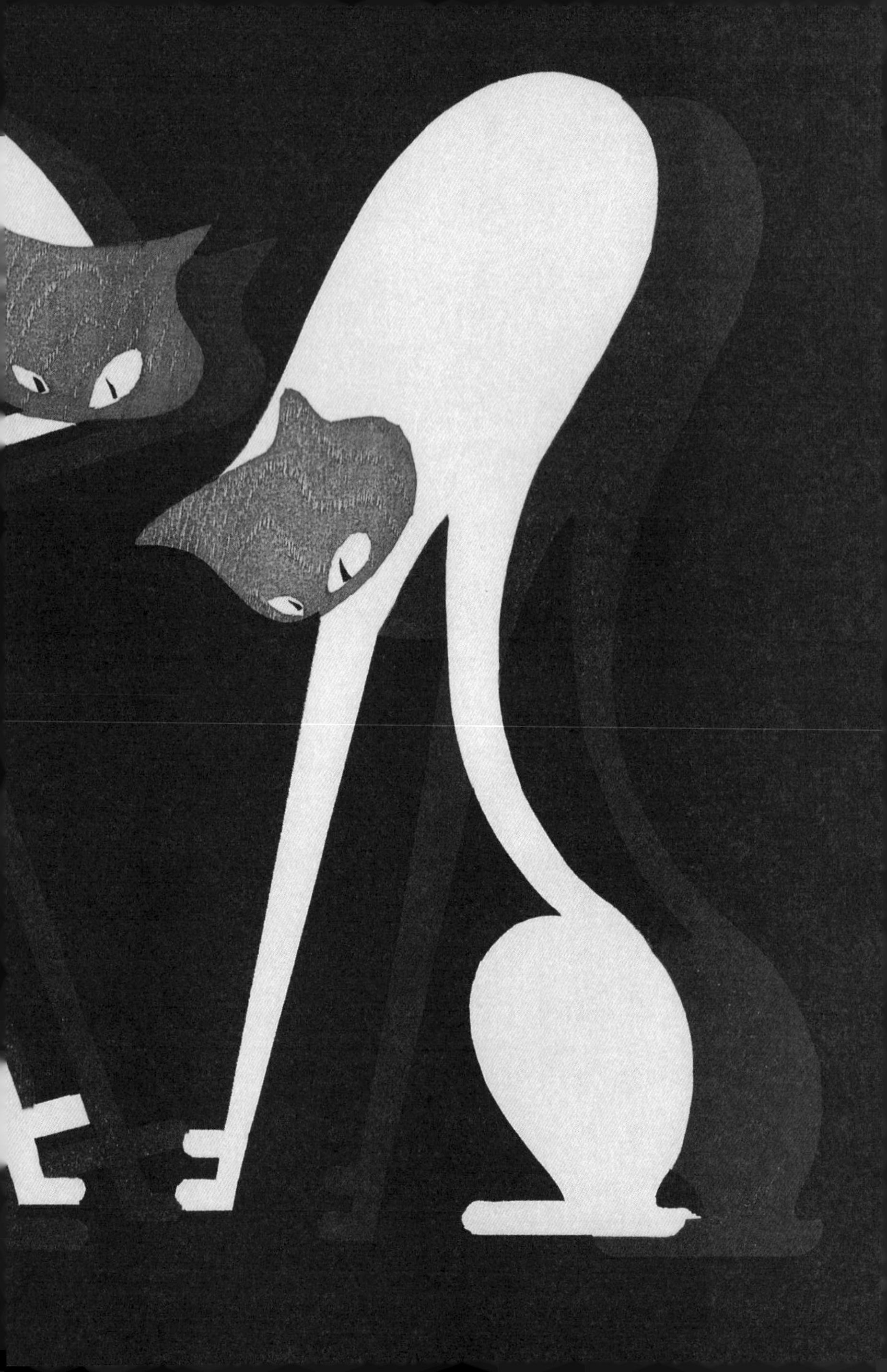

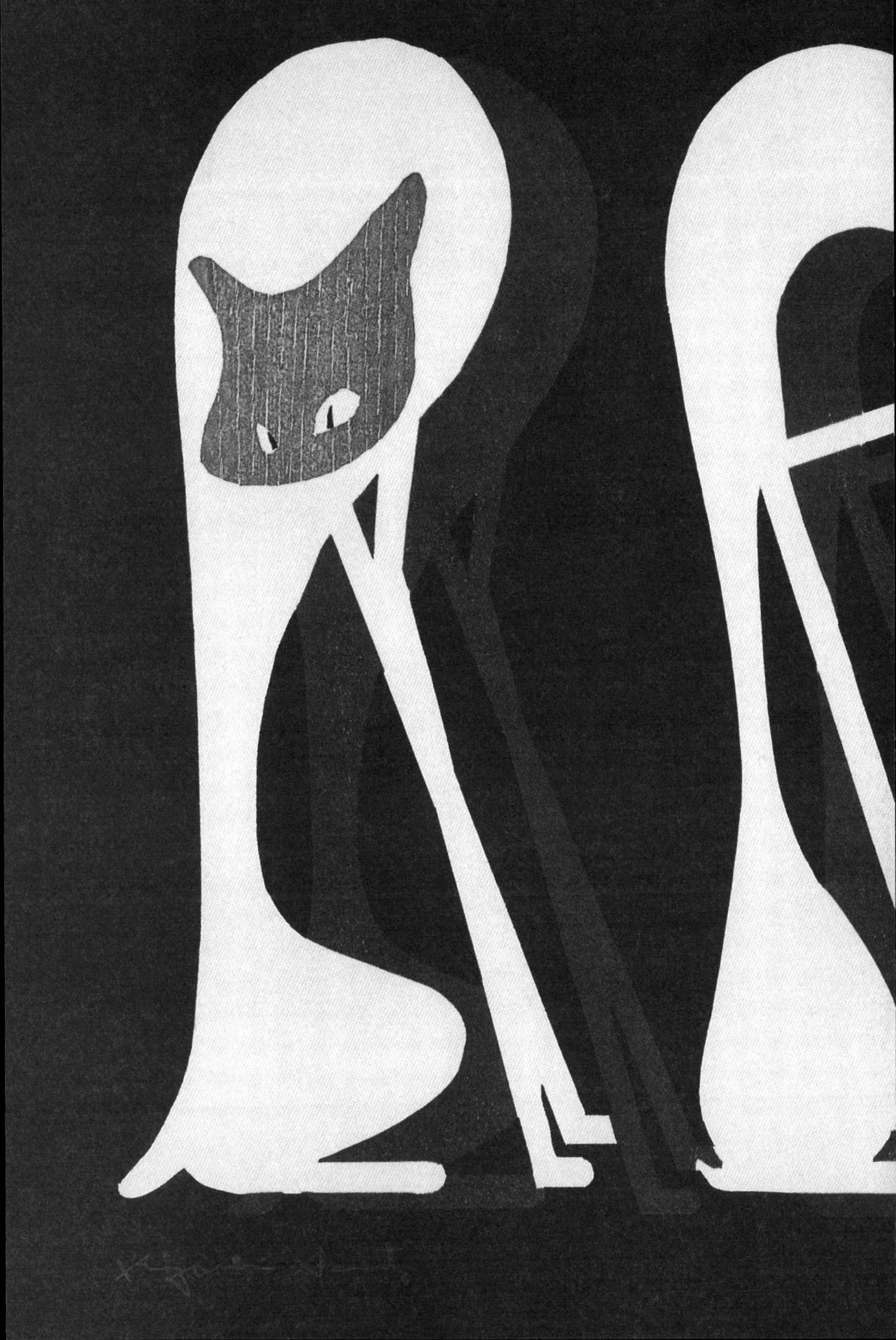

監修者あとがき

澤正宏

本州で二番目に広い面積の福島は、古来、東北地方の文化や政治の入口の役割をもってきた県です。それは江戸時代をみても、芭蕉が越えた白河の関や、関東の民衆が相馬野馬追祭《のまおいまつり》の見学のためにその時期だけは開放された勿来《なこそ》の関などの存在でわかります。また、世界のどの国の歴史も古代、中世、近代と三分されますが、県北での阿津賀志山《あつかしやま》の合戦で平泉藤原氏に勝利した源頼朝の鎌倉幕府の成立や、会津藩の戊辰《ぼしん》戦争を考えますと、福島は日本の歴史の転換点である中世と近代の始まりに関わっている県としても見逃せません。

そういう福島県を「ふるさと」という言葉から捉え直すと、福島に限らないことですが、どうしてもそれは自然や風土と、そこでの人々の生活に結びつきます。とくに、六県と海とに接し、オーストラリアが少し変形したような形の福島県は、県内を南北に阿武隈《あぶくま》山地、奥羽山脈、越後山脈が縦走していることもあって、国立公園、県立自然公園などが多く、豊かで多彩な自然に恵まれています。人の手が加えられている場合もありますが、例えばすぐに思い浮かぶものとしては、写真家の秋山庄太郎が愛した春の花見山《はなみやま》(福島市)、日本人の誰でもが口ずさんだ夏の尾瀬、五色沼、桧原湖《ひばらこ》などを燃えるような紅葉が包む裏磐梯《うらばんだい》、玄人の登山家も憧れる飯豊《いいで》連峰や磐梯、吾妻、安達太良の山々の冬景色などがあります。

　こうした美と厳しさをもった自然は最も郷愁《ノスタルジア》を誘うもののひとつですが、そのなかで営まれる人間の生活やその記録もそうです。そうした記録のひとつに「文学」があり、ともに福島県がとりわけ好きだった泉鏡花から井上靖までの県外出身の作家の作品などは、新しい角度から「ふるさと」を再発見させてくれます。全国の多くの方々が、本書に掲載された小説、詩、随筆などから福島県の魅力を感じてくだされればと願っています。最後になりましたが、このシリーズの最初の巻に福島県を選んでくださった大和書房と、編集の労をとって頂いたオフィス３０３に深く感謝申し上げます。

監修●**澤 正宏**（さわ　まさひろ）

1946年鳥取県生まれ。立命館大学大学院文学研究科博士課程単位取得退学。福島大学名誉教授。福島県立医科大学、放送大学非常勤講師。日本近代文学会、日本文学協会、昭和文学会等の会員。小説、詩を中心に、芸術諸領域と歴史、文化的環境との関わりを研究。著書に『詩の成り立つところ』（翰林書房）『西脇順三郎のモダニズム』（双文社出版）、編著に『日本のシュールレアリスム』（世界思想社）『ダダイズム』（ゆまに書房）『現代詩大事典』（三省堂）、共著に『自殺者の近代文学』（世界思想社）『作品で読む現代詩史』（白地社）などがある。

解説●**久保田裕道**（くぼた　ひろみち）

1966年千葉県生まれ。國學院大學大学院博士課程後期文学研究科修了。博士（文学）。民俗学者。國學院大學兼任講師。儀礼文化学会事務局長、民俗芸能学会理事。主な著書に『「日本の神さま」おもしろ小事典』（PHPエディターズ・グループ）、共著に『心をそだてる子ども歳時記12か月』（講談社）『ひなちゃんの歳時記』（産経新聞出版）などがある。

木版画●**斎藤 清**（さいとう　きよし）

1907年福島県会津坂下町窪生まれ。4歳で北海道夕張へ移住。20歳の時看板店を独立開業したが、24歳の時に、勤勉意欲から上京。29歳の時、安井曾太郎の木版画に触発され、木版画制作を始める。1950年には、サロン・ド・プランタン展で「ミルク」が一等賞を受賞。1951年、サンパウロビエンナーレ展で日本人賞受賞。1995年には、文化功労者に選ばれる。1997年没。

●作品タイトル一覧

カバー・p.34「柿の会津(29)」／p.2「さつきの会津(5)」／p.8「稔りの会津(牧場)」／p.90「稔りの会津(15)」／以上、やないづ町立斎藤清美術館所蔵

p.56「かすみ 慈愛」／p.72「地の幸」／p.110「会津の冬(68)猪苗代湖」／p.146「会津の冬(71)若松」／p.194「あれっ三姿」／以上、福島県立美術館所蔵

写真協力（五十音順・敬称略）

● 会津美里町（p.98）● 会津若松観光物産協会（p.79）
● 朝日新聞社（p.13・25・64・86・108・114・124・143・160・193）
● いわき・ら・ら・ミュウ（p.79）● 裏磐梯観光協会（p.124）
● 長田弘（p.18）● 喜多方市（p.49）● 久保田裕道（p.87）
● 玄侑宗久（p.69）● 佐藤禀一（p.49）● 椎名誠（p.31）● つげ義春（p.182）
●館林市教育委員会（p.154）●野口英世記念館（p.38～41）
● 二本松市（p.55）●檜枝岐村（p.108・115）
● 福島県立美術館（p.56・72・110・146・194）● 福島市（p.139）
● やないづ町立斎藤清美術館（カバー・p.2・8・34・90）
● 李久美（p.139）● 渡辺伸夫（p.98）

● 表記に関する注意

本書に収録した作品の中には、今日の観点からは、差別的表現と感じられ得る箇所がありますが、作品の文学性および芸術性を鑑み、原文どおりといたしました。また、文章中の仮名遣いに関しては、新漢字および新仮名遣いになおし、編集部の判断で、新たにルビを付与している箇所もあります。さらに、見出し等は割愛しています。

ふるさと文学《ぶんがく》さんぽ　福島《ふくしま》

二〇一二年 七月一〇日　初版発行

監修　澤《さわ》正宏《まさひろ》
発行者　佐藤靖
発行所　大和《だいわ》書房
〒一一二-〇〇一四
東京都文京区関口一-三三-四
電話　〇三-三二〇三-四五一一
振替　〇〇一六〇-九-六四二二七

ブックデザイン　ミルキィ・イソベ（ステュディオ・パラボリカ）
明光院花音（ステュディオ・パラボリカ）

編集　オフィス３０３
校正　聚珍社
本文印刷　信毎書籍印刷
カバー印刷　歩プロセス
製本所　ナショナル製本

ISBN 978-4-479-86201-7

http://www.daiwashobo.co.jp/